육교 시네마

恩田陸
온다 리쿠 소설집

歩道橋シネマ

육교 시네마

권영주 옮김

비채

차 례

철길
옆
집

그 그림은 '철길 옆 집'이라는 제목이었다.

정사각형에 가까운 유화다.

화면 전경前景에 철길로 보이는 침목이 늘어서 있다.

그 철길을 올려다보듯 하며 철길 너머에 자리한 집을 바라보는 구도다. 그 때문에 철길 밑 침목과 자갈을 바로 옆에서 보는 모양새라 위에 얹힌 레일은 한쪽만 보인다.

집의 전모도 보이지 않는다. 1층 창문이 중간에 잘렸다.

무슨 양식일까. 다소 클래식한 구조의 건축이다. 목조일 텐데 벽을 모조리 하얗게 칠해 벽널이 보이지 않는다.

19세기 말 또는 20세기 초엽에 유행한 스타일로 보인다. 왼쪽은 2층 건물인데 다락방이 있는 것 같다. 오른쪽은 3층. 왼쪽

보다 한 층 높고, 탑 같은 다락방이 보인다.

실제로 이 그림은 1925년에 그렸다.

집 너머에는 아무것도 없다. 텅 빈 하늘이 보일 뿐. 화면 상부에 푸른 하늘이 약간 보이고 나머지는 회색 구름이다.

그림만 봐서는 어느 계절에 그렸는지, 몇 시쯤 그렸는지도 잘 알 수 없다.

빛이 왼편에서 집을 비춰 왼쪽 측면은 창문도 벽도 뚜렷이 보이는데, 그림자가 진 정면 부분은 잘 보이지 않는다.

집은 모노톤인데 빨간 굴뚝이 악센트처럼 지붕에 얹혀 있다.

언뜻 보면 한가로운 그림이라고 말하지 못할 것도 없다.

환한 햇살. 열린 공간. 앞쪽의 철길.

그러나 최대한 단순화된 묘사 속에 뭐라 표현할 수 없는 불길함과 허무감이 감돈다. 어딘지 모르게 내치는 듯한 메마른 공기로 가득하다.

이 그림은 20세기 전반에 활약한 미국 화가 에드워드 호퍼의 작품이다.

이름을 듣고 누군지 모르겠다는 사람도 그의 작품을 어디선가 본 적이 있을 것이다.

심야의 다이너나 주유소, 도로, 모텔 등 더없이 미국적인 풍경을 특유의 단순한 터치로 그려낸 그의 작품은 지금도 큰 인기를 끌고 있다.

그의 출세작인 이 작품은 특히 동시대 영상 작가들에게 강한 영향을 미친 것으로 알려져 있다.

영화를 좋아한다면 이 그림에 기시감을 느끼는 사람도 적지 않을 것이다.

이 작품, 앨프리드 히치콕 감독의 영화 〈사이코〉에 등장하는 집의 모델로도 유명하다.

〈사이코〉는 엔터테인먼트 장르 중 소위 사이코 서스펜스의 시초다. 교묘한 구성, 외딴 지방 도시 모텔에 투숙한 젊은 여자가 샤워중에 침입한 누군가의 칼에 찔려 죽는 충격적인 장면, 참신한 음악 등으로 눈 깜짝할 새에 이 장르의 고전적 명작이 됐다.

영화에 등장하는 노먼 베이츠라는 남자가 모텔을 경영하며 어머니와 둘이 사는 집의 모델이 이 〈철길 옆 집〉이다.

이 집을 모방한 집이 등장하는 영화가 그 외에도 여러 편 있다는데, 대체 어디에 그렇게 이끌린 걸까.

아닌 게 아니라 에드워드 호퍼의 그림에는 묘하게 무대 세트 같은 '인공적인' 느낌이 있다. 인간이 존재하지 않는 세계 같은, 뒤로 돌아가보면 받침대로 받쳐놓지 않았을까 싶은 분위기가 있다. 그런데 한편으로는 묘한 생생함, 벽지를 뜯으면 어떤 터무늬없이 소름 끼치는 게 숨어 있을 것 같은 예감이 감돈다.

〈철길 옆 집〉도 창문이 꽉 닫혀 있고 집 안은 어둡고 인기척이 전혀 느껴지지 않는다.

환하고 개방적인 풍경인데, 현관이 위치할 정면 부분은 캄캄하게 그림자가 져 아무것도 보이지 않는다. 아니, 명확히 말해서 이 집에는 출입구가 없다.

완전히 폐쇄된 집. 들어갈 수 없는 집. 나올 수 없는 집이다.

〈사이코〉의 노먼 베이츠는 거동이 불편한 어머니를 보살펴야 해서 집을 떠날 수 없다고 설명한다.

실제로 그는 이 집 밖으로 나가지 않는다. 차를 타고 도시를 통과하는 여행자를 상대하면서 자신은 여행해본 경험이 없다. 모텔을 경영하며 이 집에 갇혀 있다.

나는 이 집에서 어쩐지 새장이 연상된다.

〈사이코〉에도 동물과 새 박제가 여럿 장식된 방이 등장하는데, 그것도 어쩐지 우리 안을 떠올리게 한다.

〈철길 옆 집〉. 기찻길이 눈앞을 지나는데도 어디로도 가지 않고 그곳에만 머물며 우리 같은 집 안에 틀어박혀 있는 누군가. 사회와 접점이 없이 여기 아닌 다른 곳으로 가지 않는 무수한 소외된 사람들을 그 그림이 상징한다는 생각이 든다.

내가 이 그림의 존재를 안 것은 비교적 최근이다.

물론 〈사이코〉는 봤으니까 당연히 기시감을 느꼈다. 묘하게 기억에 남는, 신경 쓰이는 집이다 싶어 자꾸 쳐다봤는데, 점점 이 기시감이 결코 〈사이코〉 때문만이 아니라는 사실을 깨달았다.

나는 이 집을 어디서 본 적이 있다.

대체 어디서 봤을까?

분명히 봤다, 일본 국내에서 봤다, 하는 확신은 드는데 그래도 반신반의했다.

일본에 서양식 주택은 수두룩하게 많지만, 〈철길 옆 집〉은 상당히 특징이 있는 데다 이렇게까지 서양 건축양식에 충실하게 집을 짓는 경우는 많지 않다.

혹시 영상에서 본 걸까, 아니면 사진? 그런 생각을 하는 사이에 이윽고 잊어버렸다.

그런데 우연한 기회에 어디서 봤는지 생각났다.

오랜만에 만나는 친구와 도쿄 동쪽에 있는 시타마치* 상점가에서 한잔하기로 했을 때였다.

평소에는 잘 탈 일이 없는 노선이라 대체 얼마 만에 타는 걸까 생각하며 플랫폼에서 두리번거리는데, 갑자기 '철길 옆 집'의

* 에도시대 저지대에 조성된 기술자·상인 등 서민 거주지

모습이 되살아나 나도 모르게 앗 하고 소리쳤다.

그래, 나는 예전에 이 노선 전철을 타고 가다가 그 집을 봤다.

전에 다니던 회사에서 이 노선 가까이 거주하는 고객을 자주 방문했다. 그때 늘 차창 밖으로 보였던 집이다.

그래. 그 집은 아닌 게 아니라 '철길 옆 집'과 비슷했다.

이곳은 어쨌거나 땅덩어리가 작은 일본이다 보니 같은 '철길 옆'이어도 주위에 집이 잔뜩 들어서 있는데, 그 집은 약간 높은 지대 끄트머리에 위치한 데다 서양식이라 차창 밖을 보다 보면 꼭 눈에 띄었다.

호퍼의 그림과 마찬가지로 그 집에는 한 층 높은, 탑에 해당되는 부분이 있었다. 그 2층 부분이 고가선로를 달리는 전철 안에서 바로 정면에 보였다.

호퍼의 그림과 다른 것은 그 집에 사람이 살고 있다는 점이었다.

이런 경험을 한 적 없는지? 전철을 타고 가다 보면 보는 사람이 거북한 기분이 들 정도로 유난히 훤히 들여다보이는 집이 있다. 게다가 보이는 쪽은 전혀 알아차리지 못해 아무도 보는 사람이 없는 줄 알고 무방비한 모습을 드러내고 있어서, 우연히 목격한 쪽이 어쩔 줄 몰라 하게 된다.

그 집이 바로 그랬다.

십중팔구 집 안에서 보면 전철이 꽤 멀리 떨어져 있는 데다 늘 상당히 빠른 속도로 이동하고 있으니, 설마 집 안이 훤히 보일 줄은 몰랐을 것이다.

늘 전철 안에서 그 집을 보면서 저쪽은 보이는 줄 모르겠지 생각했던 게 기억난다.

그렇다고 그 집 사람이 무방비하고 창피한 모습을 보였던 것은 결코 아니다.

오히려 그 반대였다.

항상 똑같았다.

그곳에는 세 사람이 있었다.

한 명은 늘 바느질 같은 것을 하는 할머니. 아니, 아직 할머니라고 부를 나이는 아니었을 수도 있다. 흰머리가 많고 자세가 구부정해 그렇게 느꼈을지도 모른다. 그녀는 창가에서 늘 부지런히 손을 놀리며 뭔가 바늘 쓰는 일을 하고 있었다.

그리고 안쪽에는 늘 신문을 읽는 남자가 있었다. 오십대쯤 됐을까. 체격이 다부지고 살빛이 검었다.

부자연스럽다고 느낀 것은, 명백히 육체 노동자 같은 모습의 그가 우아한 서양식 주택과 어울리지 않는 것처럼 느껴져서였을 것이다. 상당히 오래된 집이었으니 조부모 대 때부터 살던 집일지도 모른다.

여자 한 명이 더 있었다.

이쪽은 젊다, 그때는 그렇게 느꼈는데, 지금 생각하면 거동이 침착했으니 사십대 정도가 아니었을까. 이 여자는 늘 멍하니 있는 것처럼 보였다. 창가에 몸을 기대고 밖을 내다보고 있었다.

창가에 새장이 있었다.

그 집은 새를 길렀다. 노란 새가 있었으니 아마 잉꼬였을 것이다.

세 사람의 모습이 선명하게 기억났다.

집 안은 어둑어둑했지만 전철 안에서 뚜렷이 보였다. 레이스 커튼을 반쯤 친 집 안에서 조용히 지내던 세 사람.

여자의 희고 표정이 빈약한 얼굴까지 생각났다.

그래. 인상에 남은 것은 언제 그 집을 봐도 창가에 그 세 사람이 있었기 때문이다.

한 달에 한두 번 그 고객을 찾아갔다. 그때마다 그 전철을 탔고 늘 차창 너머로 그 집을 봤다.

그러면 매번 그 세 사람이 2층 그 방에 있었다.

처음에는 사이 좋은 가족이구나 생각했다. 화목한 분위기 속에 각자 자기 일에 몰두하는 것으로 보였다.

하지만 두 번 보고 세 번 보면서 점점 이상하다고 생각하기 시작했다.

고령으로 짐작되는 여자는 그렇다 치고 다른 두 사람은 직업이 없나?

내가 전철을 타고 고객을 찾아가는 것은 평일 낮이었다. 그런 시간에 늘 집에 있다고?

소박한 의문이었다.

신문을 읽는 남자도 새를 보살피는 여자도 아직 충분히 일할 수 있는 나이로 보였다.

그런데도 그들은 언제나 방 안에 머물며 같은 자리에 앉아 있었다.

혹시 남자는 몸이 아파 쉬는 걸까? 그냥 실직중? 아니면 저런 훌륭한 서양식 주택에 살고 있으니 일하지 않아도 먹고살 수 있는 신분인 걸까.

그런 생각을 했다.

그러다가 더 이상한 것을 깨달았다.

어째서 늘 그 방에 있는 걸까.

그 집은 꽤 컸다. 다른 방도 많을 텐데 세 사람은 늘 꼭 그 2층 방에 있었다. 다른 방에 있는 모습은 본 적이 없는 것 같았다.

아닌 게 아니라 똑같은 집에서도 사람들이 모이는 방은 일정하다. 텔레비전이 있는 방, 식탁이 있는 방, 거실. 평소 생활하는 장소는 막연히 고정되게 마련이다. 앉는 자리까지 웬만하면 바

17

꺼지 않는 일도 흔하다.

그런 식으로 이상한 점은 이것저것 있었지만 전철이 그 집을 지나쳐 목적지에 도착하면 금세 잊어버렸다.

그래도 새장을 톡톡 치며 말을 거는 것처럼 보이던 여자의 옆얼굴만은 강하게 인상에 남아 있었던 것 같다.

어쨌거나 '철길 옆 집'을 생각해낸 덕에 궁금증이 해결됐다. 그길로 친구를 만나 술 마시러 갔고, 그 일에 관해 다시 깨끗이 잊어버렸다.

하지만 이 이야기는 그것으로 끝이 아니다.

얼마 전 그 '철길 옆 집'을 우연히 다시 봤다.

설마 진짜와 마주치게 될 줄은 상상도 하지 못했다.

아는 이의 법회에 갔다 오는 길이었다.

그때도 도쿄 동쪽. 생소한 전철을 타고 처음 내리는 역에서 내렸다.

법회가 열린 절은 주택가 안쪽에 자리했는데, 길이 좁고 좌우지간 찾아가기가 까다로운 곳이라 목적지에 다다르지 못하고 헤맸다.

아슬아슬하게 늦지 않게 도착해 식은땀을 흘리며 법회를 마치고 나왔다.

아는 이가 상속이며 집을 처분하는 일에 관해 이야기하는 것을 들으며 주택가를 걸었다.

어느새 조금 높은 언덕 기슭이 나왔다.

복잡한 주택가에서는 걷는 사이에 생각지도 못한 장소에 다다르는 경우가 있다. 그때가 딱 그랬다.

어, 이런 곳이 있네.

그런 생각을 하는데 바로 곁에 기이한 느낌이 드는 뭔가가 있다는 것을 깨달았다.

뭐지?

얼굴을 들었다가 나도 모르게 놀라 멈춰 섰다.

그 집이 있었다.

'철길 옆 집'이.

처음에는 그게 그 집인 줄 몰랐다. 집이란 멀리서 볼 때와 바로 옆에서 올려다볼 때 인상이 전혀 다른 법이다. 게다가 그 집은 예전 모습은 그림자도 없이 참혹한 몰골이었다.

아무도 살지 않는 폐허가 됐다는 게 명백했다.

창유리는 깨지고 지붕은 벗어지고 대문에는 자물쇠가 채워져 있었다. 부지 내에 잡초가 엄청나게 무성했다.

그 집이라고 알아차린 것은 문득 시선을 앞으로 돌렸다가 눈높이를 지나는 전철 고가선로를 발견했을 때였다.

참 대단한 우연이다.

아는 이가 저만큼 앞서가는 줄 알면서도 나는 그 자리에 멈춰 서서 집을 빤히 쳐다봤다.

생각했던 것보다 집이 작네.

그렇게 생각한 것은 안이 캄캄하고 손상이 심해서였을지도 모른다.

내 시선은 2층 그 방으로 쏠렸다.

늘 세 사람이 있던 방.

커튼이 반쯤 닫혀 있고 늘 똑같은 자리에 세 사람이 앉아 있던 방. 기이한 조화. 시간이 멈춘 듯한 방.

그 뒤로 세월이 꽤 지났다. 어쩌면 세 사람 다 이미 이 세상 사람이 아닐지도 모른다.

문패를 찾아봤지만 돌 문설주에 문패가 박혀 있던 자리에 아무것도 남아 있지 않았다.

황폐해질 대로 황폐해진 정원에 녹슨 새장이 떨어져 있는 것을 문득 발견했다.

그때 그 새장이다.

직감으로 알았다.

노란 잉꼬 같은 새가 들어 있던 새장. 여자가 말을 걸던 새장.

하얀 옆얼굴이 순간 뇌리를 스쳤다. 어떻게 생긴 얼굴이었는지는 이미 기억나지 않았지만.

나는 우연한 만남에 놀라 그 집을 연신 돌아보며 아는 이를 뒤쫓아 갔다.

아직 처분되지 않고 남아 있다는 게 더 뜻밖이었다. 권리관계가 복잡해 집을 철거하지 못했을지도 모른다.

"왜?"

내가 따라붙자 아는 이가 이상하다는 듯 돌아봤다.

"아니, 아무것도 아냐. 저 집, 전에 전철 타고 가다가 종종 보던 집인데 인상에 남아 있었거든. 아직도 남아 있어서 내가 그 앞을 지나칠 줄은 몰랐어."

"아, 저기?"

아는 이는 사정을 안다는 양 고개를 끄덕였다.

"아는 집이야?"

"응."

"대단하지. 본격 서양식이라고 할지. 요새 같으면 못 지을걸."

"유명한 서양화가가 살았던 모양인데, 거품 경기 때 물려받은 자식이 상속세를 못 내서 매각했거든. 그 뒤로 소유자가 하도 여러 번 바뀌어서 이젠 누구 소유인지 알 수 없다나봐."

"저런, 그런 일도 있어?"

"한동안 이상한 사람이 드나들어서 애먹었다던데."

"이상한 사람?"

황폐한 정원에 뒹구는 녹슨 새장이 떠올랐다.

다음 순간, 퍼뜩 깨달았다.

그래, 그랬구나.

"왜?"

내가 멈춰 선 것을 보고 아는 이가 이상하다는 듯 쳐다봤다.

"아무것도 아냐."

고개를 흔들고 다시 걸음을 떼면서도 내 머릿속에서 새장은 사라지지 않았다.

그래, 그랬구나.

나는 혼자 고개를 끄덕였다.

단순한 이야기다. 당시 시대 배경을 생각하면 내가 본 것이 뭔지 명백했다.

세 사람은 그 집을 무단 점유한 것이었다.

그것을 깨닫고 나니 수수께끼는 쉽사리 풀렸다.

늘 집에 있었던 까닭.

늘 같은 방에 있었던 까닭.

커튼을 반쯤 치고 조용히 살고 있었던 까닭.

거품 경기 시대, '무단 점유'라는 비즈니스가 한동안 횡행했다. 당시 법률은 부동산의 소유주보다 그곳에 거주하는 사람의 권리를 더 강력하게 보장했다. 압도적으로 약한 처지의 세입자를 보호하기 위해 만든 법이었다. 소유자가 집을 팔아도 그곳에 계속 거주하는 사람이 있는 한 강제로 내쫓을 수 없었다.

이 법이 당시 악용됐다. 부동산이 경매에 넘어가 낙찰되어 소유권이 이전돼도, 이 법을 방패로 그곳에 아직 사는 사람이 있다고 주장하며 터무니없는 이주비를 요구하는 사례가 속출했다. 폭력단 등이 사람을 고용해 그런 물건에 살게 하는 일이 빈번했다.

아마 내가 목격한 것도 그런 사람들이었을 것이다.

서로 닮지 않은 세 사람. 언제 봐도 늘 집에 있던 세 사람. 되도록 전기요금이며 난방비가 들지 않도록 한 방에 머물던 세 사람.

어떤 사정이 있었는지는 알 수 없다.

세 사람은 가족이었을까. 원래 서로 알던 사이일까. 실은 혈연관계가 없고 그 일 때문에 만난 사람들이었을지도 모른다.

대화도 거의 없이 한 방에 있던 세 사람.

하지만 그들에게는 기묘한 일체감이 있었다. 조화가 있었다. 같은 시간을 보내는 사이에 서로 익숙해진 걸까.

그리고 그 새장.

무단 점유중인 집에서 새를 기른다. 참 얄궂은 일 아닌가.

그녀는 새장 속의 새에게서 자신의 모습을 봤을지도 모른다.

'철길 옆 집.'

그건 역시 닫힌 집이었다. 철길 바로 옆에 있으면서 어디에도 가지 못하는 사람들이 안에 있었다. 그림과 비슷하다는 느낌은 어떤 의미에서 역시 옳았다.

그 뒤 그들은 어디로 갔을까.

'여기 아닌 다른 곳'으로 갈 수 있었을까.

나는 한 번 더 돌아봤다.

그러나 구불구불한 길 안쪽에 있던 높은 지대의 집은 이제 아무 데도 보이지 않았다.

덴케이 학원에 오신 걸 환영합니다.

정말 잘 오셨어요.

솔직히 이런 곳을 보러 오다니 머리가 어떻게 된 거 아닌가 살짝 의심스럽긴 하지만요. 대체 왜요? 일반적인 기준으로 봐서 사회에 도움이 되는 학교는 아니잖아요, 우리 학교. 특수하다고 할지.

네? 나요? 내가 누구냐고요?

아무렴 어때요? 당신은 여기를 보고 싶은 것뿐이잖아요? 누가 안내하건 뭔 상관이에요?

그래요? 궁금하시다?

알았어요. 그럼 부회장이라고 해두죠. 부회장이라고 불러요.

네, 덴케이 학원 학생회 부회장.

알잖아요. '부' 자가 붙은 건 허드렛일하는 일꾼이죠. 그래요, 외부에서 온 당신을 안내하는 귀찮은 일을 나한테 떠넘긴 거예요. 그럼 간편하니까.

아, 그렇게 신경 쓸 거 없어요. 난 의외로 상식적인 사람이고 이래봬도 사교성도 없지 않거든요. 괜찮아요, 나도 보기보단 즐기고 있으니까. 그러니까 당신도 즐기다 가요. 나름대로.

충고 하나 할게요. 지켜주지 않으면 곤란한 거예요.

내 뒤를 따라와요. 꼭. 알겠어요? 말 그대로의 의미예요. 내가 지나간 자리를 걸어요. 길에서 벗어나거나 삐져나가지 말 것. 알겠죠?

꽤 오래된 일인데. 벌써 이 년 가까이 됐나.

당신처럼 취재하러 온 사람이 있었거든요. 입시 전문 잡지에서. 출제 경향과 대책 같은 잡지였어요. 우리 학교는 원서 내기도 쉽지 않은 데다 수험생도 꽤 까다롭게 골라 받는데, 세상의 학교란 학교는 하나도 빠뜨리지 않겠다는 사명감에 불타는 사람이더라고요. 그때도 내가 안내했어요.

그때도 지금처럼 말했거든요.

내 뒤를 따라와요. 꼭. 말 그대로의 의미예요. 내가 지나간 자리를 걸어요. 길에서 벗어나거나 삐져나가지 말 것.

똑같이 말했단 말이죠. 그렇게 어려운 충고는 아니잖아요? 물구나무서서 걸어오라든지 눈 감고 걸으라고 한 것도 아닌데.

그런데도 그 사람, 내 말대로 안 했지 뭐예요. 어른이니까 한 번 말하면 알아서 지켜줄 거라고 생각한 내가 뭘 몰랐던 건가 봐요.

사진 찍느라 바빴던 탓도 있어요. 아닌 게 아니라 신기한 게 많으니까 사진 찍고 싶어지는 마음도 모르진 않아요.

아, 말 나온 김에 이야기해두는데 사진 찍을 땐 매번 괜찮은지 물어봐줘요. 사진 촬영을 삼가줬으면 하는 것도 있으니까.

아, 자기 일에 열심이던 그 사람이 어떻게 됐느냐고요?

저거요.

네? 네, 그거.

보여요? 네, 저기 등나무 덩굴시렁에 매달린 거. 등꽃 피려면 아직 더 있어야 하지만요.

네. 우리 학교 매부리 동아리에서 기르는 독수리가 말끔하게 먹어치워서 벌써 뼈만 남았어요. 아, 참고로 일반적인 매는 죽은 짐승 고기는 안 먹는대요. 독수리도 사육할 수 있나 시험중인 특이한 동아리 멤버가 있어서요. 독수리 전문인데 역시 어려운가 보더라고요. 그래도 독수리는 독수리죠, 저렇게 완벽하게 뼈만 남겼으니. 가끔 생물부에서 뼈에 관해 강의할 때 사용하나

봐요.

아, 연고가 없는 사람이었대요. 연구 및 경고 목적이란 사유로 허가는 받았고요. 소독도 잘 했고요.

그 사람요? 허가 없이 잔디밭에 들어갔지 뭐예요. 내가 기껏 나와서 학원 설명을 해주는데, 어느새 나한테서 떨어져 나가서 저기 울타리를 친 잔디밭에 들어갔더라고요.

'잔디밭에 들어가지 말 것'이라고 쓴 거 보이죠? 그런데 그렇게 당당하게. 게다가 잔디를 꽉꽉 밟고 걸어가서 약초원 사진을 찰칵찰칵 찍어댄 거예요.

난 분명히 그러지 말라고 말했어요. 거기 잔디는 환경위원이 관리하고 약초원은 생물부 식물반이 아끼는 곳이라고. 위험한 독풀도 많다고. 그런데 열중해가지고 말이죠. 듣질 않아요.

그래도 난 돌아오라고 열심히 손을 흔들었다고요. 환경위원한테 들키면 큰일이니까.

그런데 글쎄 딱 들켰지 뭐예요. 마침 순찰 돌고 있던 환경위원한테.

우리 환경위원, 엄청 무섭거든요. 그때 지나간 게 특히 잔디밭에 목숨 거는 3학년이었으니 운이 없었죠. 진짜 펄펄 뛰더라고요. 내가 부회장 권한으로 막았는데, 얼마나 노발대발하던지 어쩔 수 없었다니까요.

네, 피아노선으로. 단숨에 졸랐으니까 아마 몇 초 만에 의식을 잃었을 거예요. 어라, 피아노선이었나? 아닐지도 모르겠네요. 모노필라멘트 같은 거였을지도 몰라요. 이끼 보호를 위해서 못 들어가게 이끼 위에 바둑판무늬로 질러놓는 금속성 실. 그게 참 튼튼하거든요. 지금은 뼈만 남았으니까 알 수 없지만 그때 모가지가 간당간당 떨어지기 직전이었다고요.

하여간 난감한 어른이었지만, 저렇게 매달아두면 견학자분들이 매너를 지켜준다고 내내 저기 달아놓는 거예요. 이런저런 교훈을 얻을 수 있잖아요.

가끔 궁도부 애들이 표적으로 쓰는데 그 이야기는 비밀이에요. 딴 데 가서 말하면 안 돼요.

아, 저기 이끼도 조심해요. 이끼에 목숨 거는 2학년이 오면 큰일이니까. 이끼란 건 무지무지하게 섬세해서 한번 흠이 나면 회복하는 데에 엄청 시간이 걸린다나요. 만에 하나 밟기라도 했다간…… 어휴, 생각만 해도 오싹하네요.

그래서 뭐가 보고 싶은 거라고 했죠? 무슨 취재예요?

아, 네. 학생회장 소문도 들었어요? 그래요? 어디서요?

네. 그건 사실이에요. 학생회장은 계속 똑같아요. 덴케이 학원 창립 때부터.

그래요. 덴케이 학원의 잠자는 공주란 별명이 있는 것도 사실이고요.

진짜 계속 자니까요. 학원 내원內院에 있는 신전에서요. 어떤 의미에서 덴케이 학원은 그 사람을 위해 만든 거라고 할 수도 있어요.

우리는 그 사람 부하. 깊이 잠들어 있는 그 사람을 모시면서 그 사람이 깨어날 날을 기다려요. 대다수 학생은 그 사명을 완수하지 못한 채 졸업해서 학원을 떠나죠.

우리는, 아니 덴케이 학원 학생은, 아니, 덴케이 학원 자체가, 언젠가 누가 그 사람을 깨우고 그 사람 뒤를 이어 다음 학생회 장이 될 날을 기다리는 셈이에요.

여기 오는 학생들은 오로지 그 목적만으로 입학해요. 가끔 전학 오는 녀석도 있고요. 세상엔 가상하고 기특한 학생이 꽤 많다니까요.

아, 미리 말해두는데 일반적인 공부도 소홀히 하지 않아요. 우리 학교가 또 학업 수준은 말도 안 되게 높거든요. 그런 이유에서도 입학하기가 쉽지 않죠.

하지만 솔직히 말하면, 원해서 들어온다기보다 학생회장을 깨울 수 있을 것 같은 학생을 전국에서 스카우트해 온다는 편이 맞을지도 모르겠네요. 요즘 세상에 기다리기만 해선 그런 귀중한 인재가 잘 안 나타나거든요.

소문에 따르면 그런 걸 전문적으로 찾아오는 사람이 있나 봐요. 꼭 어느 레스토랑 가이드의 암행 조사원 같죠?

그렇게 해서 전국에서 모여든 소질 있는 학생들이, 학생회장이 깨어나길 열심히 기도하는 게 우리 학교의 교육 방침인 거예요.

왜냐고요? 이거 뭐라고 해야 하나.

원래 그런 거라고 생각하니까요. 모든 게 그걸 위해 존재하는 걸요. 이미 생활의 일부고 의문을 가져본 적도 없어요.

하지만 이게 꽤 즐거워요. 내원에 잠자는 공주님이 있다고 생각하는 것만으로도요. 막 설레거든요. 상상해보면 꽤 에로틱하지 않아요?

네, 소문에 따르면 엄청난 미소녀래요.

나이를 전혀 먹지 않는대요. 어떤 식으로 그렇게 되는 건진 모르지만요. 냉동 수면 같은 건가? 다만 걱정인 건, 꽤 오래 잤으니까 언젠가 깨어났을 때 우라시마 다로*처럼 확 늙어버리는 게 아닐까 하는 건데요. 그렇게 예쁜데 미라 같아지면 어쩌죠? 아깝기도 하고, 환멸 느낄 것 같죠.

네?

• 용궁에 며칠 머물다 돌아오자 삼백 년이 흘렀고 일시에 늙었다는 일본 전래동화의 주인공

네, 사실은 본 적 있어요. 잠깐이지만.

누워 있는 게 아니라 서 있어요. 두 팔을 벌리고. 그 사람을 보면 도리이*란 게 사람이 팔 벌린 모습이라는 걸 잘 알 수 있죠.

못 지나간다고 가로막는 거절하는 포즈인지, 환영하며 맞아들이는 포즈인지, 그건 그때그때 다르게 느껴져요. 그 사람은 늘 같은 포즈, 같은 표정인데 그때 심리 상태에 따라 다르게 보인다는 게 재미있죠.

아, 교실 건물은 저쪽이에요. 건물들이 내원을 빙 둘러싸듯 늘어선 게 특이하죠.

내원이 학원 정중앙에 있고 수로가 네모꼴로 주위를 둘러싸고 있어요. 꼭 미로 같죠? 실제로는 외길로 쭉 이어져 있어서 두 시간 걸려 천천히 수로를 따라가면 돼요. 보면 재미있지 않아요? 난 천성이 속물이라 이 수로를 보면 늘 라면 그릇의 네모 무늬가 생각나지 뭐예요.

아, 눈치챘어요?

맞아요, 수로에 사람이 흐르죠?

저거, 그날을 대비해 하는 훈련이에요. 의식을 집중해서 조각배를 타고 수로를 흘러가는 거예요. 한 사람 겨우 탈 수 있는 크

• 일본 신사 앞. 기둥 두 개에 가로대를 얹은 관문

기의 작은 대나무 배. 재미있는 게 잡념이 있으면 사람 몸이 무거워진단 말이죠. 머리를 비우고 누워 있지 않으면 배가 가라앉아요. 훈련으로 딱 좋아요.

그날? 아, 이제 얼마 안 남았어요.

이제 곧 꽃 필 시기니까요.

철야 작업이 될 테니까 체력 단련도 중요해요. 계속 염을 보낸다는 게 보기보다 훨씬 중노동이거든요. 게다가 의식을 집중한 상태를 유지하려면 훈련이 꽤 필요하다고요. 의식이 고르지 못하면 의식이 새어나가거나 불안정해져서 악몽을 꾼다든지 빈틈이 생긴다든지 하죠.

매일 수업 시간에 염을 보내는 연습을 하는데, 처음 입학했을 땐 이게 잘 안 돼요. 금세 해내는 애가 있는가 하면 애먹는 애도 있고, 사람마다 실력이 붙는 속도도 달라요. 그래서 염을 보내는 수업은 학년별이 아니라 습득 수준별로 해요. 시험은 실기 시험이라 꽤 어렵다고요. 상위권 학급은 나이가 제각각이에요.

실제로 잠자는 공주한테 액세스하는 건 대표 한 명뿐이에요.

제일 강한 능력을 가진 애가 대표로 학생회장한테 염을 보내는데, 이게 또 위험이 따른단 말이죠.

학생회장은 자면서 계속 꿈을 꾼다는데, 꿈이 안 좋은 내용이거나 기분이 언짢거나 하면 깨우려고 한 대표한테 화풀이를 하나 봐요. 어쩌다가 그런 때에 걸리면 완전 비극이라고요. 정신이 망가진 사람이 여럿 있대요. 잠자는 공주의 꿈과 저항은 상당히 강력한 모양이에요.

다행히 난 아직 목격한 적이 없는데요.

아뇨. 남학생 여학생 수는 거의 비슷해요.

무녀 이미지 때문인지 여학생이 많지 않느냐고들 하는데 그렇지 않아요. 사춘기의 억압된 에너지는 남자건 여자건 똑같으니까요. 요새는 오히려 남자 쪽이 더 억압될지도요.

글쎄요.

누가 이런 걸 생각해냈는지 그건 몰라요.

원래 그런 거란 말밖에 못 하겠네요.

길가의 지장보살을 보면 어쩐지 멈춰 서서 합장하고 싶어지잖아요?

어째서? 무슨 논리로? 같은 건 생각하지 않죠. 그런 거랑 같은 게 아닐까요.

납득이 안 된다고요?

그럼 이런 설명은 어때요?

폴터가이스트란 거 있죠? 집이 울리고 가구가 흔들리고 돌멩이가 쏟아지고 하는 현상. 시끄러운 유령이란 뜻인데, 사춘기 아이가 있는 집에서 발생한다는 설이 있잖아요.

그 에너지를 활용하면 어떨까 생각한 인간이 있었던 거예요.

뿐만 아니라 일본 전국에서 사춘기의 음울한 르상티망이 쌓인 녀석들을 모으자 한 거죠. 그것참, 독창적이라고 할지, 발상이 터무니없다고 할지. 그걸 실행에 옮겼다는 게 대단하죠. 게다가 꾸준하게 데이터를 수집해서 그런 사념이 강한 가계가 곳곳에 존재한다는 걸 밝혀내고 거기서 한층 사념이 강한 녀석을 모아오자 생각했다는 게 진짜 대단하다니까요.

그래서 그걸 목적으로 생긴 게 덴케이 학원인 거예요. 꽤 독특한 학교죠? 오로지 자는 사람을 깨우려는 목적으로 학교를 세우다니 그런 건 우리 학교 말곤 또 없을걸요.

저런, 어이가 없나 보네요?

그렇게 입 크게 벌리고 있다간 독수리가 거기에 둥지를 틀지도 몰라요.

그러지 말고 들어봐요.

덴케이 학원이 독특한 건 지금부터 설명할 부분 때문이니까요. 진짜예요. 지금부터가 재미있죠.

봐요, 저게 뭘까요?

저거 말이에요, 저거. 저 구불구불한 미로 같은 수로 사이에 빽빽하게 식물을 심어놨잖아요?

네, 지금이 한창 왕성하게 자랄 시기예요. 이제 곧 봉오리가 부풀어서 일제히 꽃이 필 거예요. 저게 뭐게요?

창포? 붓꽃?

아닌데요. 이파리 모양을 보면 모르겠어요? 초등학교 때 수경재배 같은 거 하지 않았어요?

아뇨, 히아신스 아니고요.

저거 튤립이에요.

굉장하죠! 튤립이 몇십만 송이 있는 거예요. 숫자를 세본 적은 없지만요.

해마다 늘어나고 있는 건 확실해요.

실은 우리 학원에서 재배하는 식물 중에 제일 많은 건 잔디도 이끼도 아니고 튤립이거든요.

그거 알아요? 튤립은 터키가 원산지래요. 일설에 따르면 터키란 나라의 이름 자체가 튤립을 가리키는 거라나요. 나라꽃은 당연히 튤립이고요.

튤립은 종류가 엄청 많은데, 물론 우리 학원에서도 다양한 품종을 만들어냈어요. 학원 안의 튤립이 모조리 피면 어마어마해요. 색채의 홍수 같은 진부한 말로는 모자라요. 색채의 폭발도 어디서 들어본 말이고, 색채의 분출이라고나 할까요. 색채의 폭죽도 괜찮을지 모르겠네요.

그래요. 덴케이 학원 부지 대부분에 튤립 구근이 심겨 있어요.

상상해보면 굉장하지 않아요?

땅속에 빽빽이 늘어선 구근. 꼭 은단 같아요. 은단 케이스 속에 은색 은단이 꽉 들어찬 거 본 적 있어요? 난 있어요. 할아버지가 늘 은단을 갖고 다녔거든요. 처음에 그걸 봤을 땐 얼마나 놀랐는데요. 그걸 처음 보고 약이라고 생각할 사람이 얼마나 있을까요? 대개 모를걸요. 쇠구슬 총알 작은 건줄 알았다니까요.

구근.

이상한 물체죠.

난 땅속에 구근이 묻혀 있는 걸 상상하면 묘한 기분이 들어요. 그 동그란 구체에서 수염뿌리가 자라나 흙에서 양분을 흡수하는 걸 상상하면 어째 근질근질하단 말이죠.

그 속에 양분이 저장돼 있다니 야하지 않아요?

꽃이 피고 나서 꽃을 잘라내고 줄기를 잘라내고 이파리만 남아서 납작해진 것도 야하고요.

여러 번 꽃을 피우면서 땅속에서 점점 분화돼서 은밀하게 작은 구근이 늘어나는 것도 야하고요.

아무도 모르게 애 낳는 것 같잖아요?

적절하게 보존하면 몇 년 지나서도 꽃을 피울 수 있다는 것도 야해요. 가만히 대기하고 있다가 때가 됐을 때 꽃을 피우다니 심모원려深謀遠慮도 그런 심모원려가 없죠. 꽃 피울 시기를 차분히 기다리는 모습을 떠올리면 막 오싹오싹하다니까요.

덴케이 학원에선 구근 관리를 학생 전원이 하는데, 다들 구근에 푹 빠져 있어요. 황홀한 기분으로 일 년에 한 번 꽃이 피길 기다리죠.

왜 튤립이냐고요?

글쎄요. 그냥 꽃이 예뻐서 그런 거 아닌가?

물론 구근이라는 점도 중요해요.

이런 동그랗고 묵직한 물건은 머릿속으로 이미지를 떠올리기 쉽거든요. 염을 모으기 쉽고 집중하기 쉬워요. 그런 이유 아닐까요?

우리는 구근이 영양분을 보충하고 꽃 피우는 시기의 피로를 해소하는 걸 도와요.

구근은 영양과 함께 우리 사념을 축적하는 거예요.

수업 시간에 사념 보내는 연습을 한다고 했죠? 대상이 바로 구근이에요. 반년에 걸쳐 구근에 우리 사념을 모으는 거예요.

잠자는 공주여, 깨어나라.

학생회장이여, 깨어나라.

그렇게 기도하면서 우리 에너지를 충전해요.

그게 꽤 엄청난 광경이란 말이죠.

전국에서 선발된 '염 보내기' 능력자들이 하나하나 보내는 거니까요.

구근은 우리 사념과 더불어 천천히 영양분을 축적해요. 구근은 서서히 힘을 얻어가요. 우리의 사춘기 에너지가 구근을 다른 뭔가로 바꿔가는 거예요.

우리는 그날을 위해 감각을 갈고닦아요. 훈련해요. 그날 구근들과 함께 학생회장에게 모든 에너지를 연결하기 위해. 말하자면 덴케이 학원이란 회로를 통해 학생회장하고 '연결되기' 위해 일 년을 보내요.

그날 우리는 손을 맞잡고 하나의 회로가 돼서 대표한테 모든 걸 맡겨요. 학생회장을 깨우고 싶다, 학생회장을 계승하고 싶다고 소원해요.

그날을 꿈꾸면서 곳곳에서 색채를 분출하는 튤립과 더불어 우리는, 덴케이 학원은, 하나가 돼요.

이거야 원, 그렇게 바보 취급 하는 얼굴은 안 하면 좋겠는데.

기껏 덴케이 학원의 비밀을 숨김 없이 가르쳐줬더니, 아까보다 입을 더 크게 벌릴 건 없잖아요. 혹시 애 뭐지, 완전 맛이 갔군, 하는 표정이에요?

어라, 왜 화를 내시나? 내가 뭐 못 할 말이라도 했어요?

뭐라고요?

이 기이한 학원의 실태를 만천하에 폭로하겠다?

덴케이 학원 말이에요?

당연하지 않느냐고 말씀하시는데, 덴케이 학원이 기이한가요? 이거참, 속상하네요. 난 꽤 애교심이 있거든요.

시체를 구경거리로 삼다니 믿을 수 없으시다?

저거 말이군요?

아까 지나친 등나무 시렁의 시체.

네, 과거에 당신 선배였던 인간의 시체죠.

어라? 뭘 또 그렇게 놀라요?

아하, 우리가 조사 안 했을 줄 알았어요? 당신 신원을?

그 사람하고 같은 직장에 다녔죠? 그 사람 밑에서 일을 배웠죠? 은혜를 입었죠? 그 사람이 행방불명됐죠? 마지막으로 온 곳이 우리 학원이었죠?

그럼요, 다 조사했죠.

우리 정보망을 얕보면 안 되죠. 우리 학원엔 암행 조사원이 있잖아요?

왜요? 잔디밭에 들어간 건 그 사람인데. 내 설명도 흘려듣고, 게다가 약속을 안 지켰다고요.

덴케이 학원은 덴케이 학원이에요. 여기 들어오는 사람들은 다들 그걸 알아요. 모두가 같은 목적을 갖고 살고 있어요. 배우고 있어요. 수행하고 있어요.

어째서 당신한테 그걸 비난할 권리가 있죠?

저 시체 때문에?

잘못한 건 누구죠?

난 저 시체 잘못이라고 생각하는데.

알았어요. 기사를 쓰고 싶으면 써요. 난 이래봬도 너그러운 사람이거든요.

하지만…… 난 너그러워도 환경위원이 어떨지.

쯧, 흥분하지 말라니까요.

당신, 어느새 길에서 벗어나 거기 그 근사한 이끼를 밟았네요. 발 들어봐요.

아이고. 발자국이 뚜렷하게 찍혔네.

이런, 어쩌나. 저기 이끼에 목숨 거는 2학년이 지나가는데요.

안녕, 순찰하느라 고생 많아.

늘 고마워.

뭐? 이 사람이 이끼를? 이런, 난 분명히 설명했는데.

소
요

1.

"헉, 여기는 아직 춥군. 벌써 5월 말인데."

오즈 야스히사는 연신 팔을 쓸었다.

재킷을 걸쳤는데도 자세가 구부정했다. 평소 재킷을 잘 입지 않는 것 같다. 검게 탄 피부에 긴 소매가 어울리지 않았다.

"그러네요. 게다가 엄청 건조해요."

오카모토 기라는 후드 점퍼 차림으로 주위를 두리번거렸다.

"그러게. 영국은 늘 날씨가 나쁘다는 인상이 있어서 더 습할 줄 알았는데."

"역시 위도가 높아서 그런 걸까요?"

"……여기가 문제의 장소랍니다."

이타미 도토키는 두 사람을 향해 팔을 벌리며 말했다.

회색 하늘.

구름은 짙게 꼈지만 어렴풋이 밝았다. 일단 비가 올 기미는 없다.

그들은 작은 마을의 외곽에 서 있었다. 도로를 따라 발달한 마을인 듯, 길을 따라 작은 여관이며 펍이 조촐하게 늘어서 있고 관광객으로 보이는 그룹이 야외 테이블에 앉아 쉬고 있었다.

그들의 눈앞에는 완만한 구릉지가 펼쳐져 있었다. 주위는 온통 푸른 초지다.

곳곳에 거무스름한 숲이 자리해 있고 방목된 양떼가 멀리 점점이 보였다.

야스히사는 바람 냄새를 맡듯 눈을 감고 코를 내밀었다.

"참 한가롭군. 딱 영국 시골 풍경이란 느낌인걸. 런던에서 얼마나 멀지?"

"기차로 두 시간쯤 걸리려나요." 기라는 주위를 빙 둘러봤다. "좋은 곳인데요."

"그래, 그림책에 나올 것 같군. 이런 곳에서 느긋하게 연구할 수 있다니 부러운걸."

"아닌 게 아니라 사색하는 덴 좋을 것 같지만요." 도토키는 어깨를 으쓱했다. "보시다시피 지나다니는 사람이 거의 없어요. 시야가 탁 트여서 숨어서 음모를 꾸미는 데엔 어울리지 않습니다."

"그러게. 그래서 여기서 출발했다는 거지?"

"네."

길가에 못 보고 그냥 지나칠 것 같은 작은 간판이 있고 그 너머에서부터 좁은 길이 시작됐다. 오랜 세월 사람들이 밟고 다닌 듯 그곳만 풀이 나지 않았다.

조금 떨어진 곳에 작은 울타리가 있었다.

"아, 이게 풋패스군요. 처음 보는데요."

기라가 관심 있게 간판을 쳐다봤다. 산책과 하이킹을 좋아하는 영국 사람을 위해 각지에 정비된 워킹용 길이다.

"걸어볼까요."

도토키가 앞장서서 걷기 시작했다.

야스히사와 기라는 조심조심 뒤를 따랐다.

"헉, 신기하네."

"진짜 현실 같은데. 내가 정말 영국 땅을 걷고 있어."

두 사람은 저마다 말하며 믿기지 않는다는 듯 자기 발밑을 내려다봤다.

"두 분은 처음인가요? RR(아르아르)가?"

"응. 이렇게 생생할 줄은 몰랐어. 약간 실감나는 영상 통화 정도로만 생각했는데."

야스히사가 중얼거렸다.

"저도 그래요. 이거라면 충분히 쓸 만한데요. 일본에 있으면서 세계 각지의 공사 현장하고 미팅이 가능하겠습니다."

기라는 들뜬 목소리로 말했다. 그러더니 갑자기 뭔가 생각난 것처럼 경악한 표정을 지었다.

"앗, 그렇지만 그럼 비행기를 탈 수 없잖아요."

도토키와 야스히사가 함께 웃었다.

기차 타기를 좋아하는 철도 탑승 마니아라는 게 있는데, 기라는 비행기 탑승 마니아다. 좌우지간 비행기를 타고 1만 미터 상공에 체류하고 싶다는 사내다. 어딘가에 갔다가도 공항 밖으로 나가지 않고 바로 비행기를 타고 돌아오는 게 일상다반사인 것 같다.

"으음, 실제로 이렇게 여기 있으면서 자네랑 이야기를 해도 아직 믿기지가 않는걸. 자네나 주위 사람들한테도 우리가 보이고 존재하는 거지?"

야스히사가 다시금 주위를 둘러보고는 도토키를 쳐다봤다.

"네. 실제로 보이고 존재감이 있습니다. 홀로그래피하곤 다르죠."

"그게 신기하단 말이지." 야스히사는 팔짱을 꼈다. "그러니까 난 지금 말레이시아와 런던 교외, 두 곳에 동시에 존재하는 셈이야?"

"전 홍콩하고 이곳에 있고요."

"네." 도토키가 고개를 끄덕였다. "하지만 의식은 하나고 시간은 연속하니까요. 말레이시아에 있는 오즈 씨가 지금 다른 걸하고 있는 게 아니죠. 요는 인간은 의식으로 실체를 인식한다, 극단적으로 말하면 의식이 실체를 '만든다'란 뜻이라나 봅니다."

"논리는 알 것도 같은데."

"이건 '바벨' 기술의 응용이죠?"

기라가 물었다.

"네. 인간이 뇌를 통해 커뮤니케이션을 한다는 데에서 발전된 기술입니다. 지금 두 분은 제 뇌를 통해 이미지를 공유하고 있는 거죠."

"그럼 이건 자네가 느끼는 거고 내가 느끼는 게 아니란 말이야?"

"아뇨, 그런 건 아니고요. 제가 느낄 수 있는 거라면 두 분도 느낄 수 있다는 뜻입니다. 리모트 리얼RR이란 건."

2.

울타리에 문이 있었다. 고리 모양의 와이어를 울타리에 걸어

고정하는 식이다.

"문은 닫으세요. 양이 도망가지 못하게 하기 위한 거니까요."

도토키의 말에 기라는 문을 닫고 와이어를 걸었다.

"이렇게 만져지는 것도 신기한데요."

기라는 문과 와이어를 몇 번씩 만져봤다.

"그러게."

쭈그리고 앉아 흙을 만지던 야스히사가 일어나 손을 털었다.

"……그래서 어떤 사건이었지? 명탐정 이타미 도토키도 풀지 못하는 수수께끼가 다 있군."

도토키는 쓴웃음을 지었다.

"명탐정 아닙니다. 그때도 결국 전 아무 도움이 못 됐잖습니까."

"아니라니까요."

세 사람이 처음 만난 일본 공항에서의 사건 이야기다. 사람 일이라는 게 묘해서, 그 뒤로 여러 해 지난 지금도 종종 만난다.

"단순한 이야기입니다. 외길을 걷는 두 시간 사이에 회중시계가 사라졌다. 그리고 지금까지 못 찾았다."

"이 길에서?"

"네."

세 사람은 멈춰 서서 눈앞에 이어지는 좁은 길을 바라봤다.

"언제 있었던 일인데?"

야스히사가 물었다.

"두 주 전 목요일에요. 시간은 지금처럼 오후 2시경. 날씨도 비슷한 느낌이었습니다. 그땐 비가 가볍게 뿌렸지만요."

"일부러 비슷한 조건을 골랐군."

"네. 그러는 게 나을 것 같아서요. 저희는 네 명 있었습니다. 근처 저택에서 분과회 같은 게 있었거든요."

도토키는 천문학자다.

"그날 오전부터 오후까지 회의가 이어져서 잠깐 기분 전환 삼아 산책을 나간 겁니다. 임시로 A 선생님, B 선생님, C 선생님이라고 할까요. 회중시계를 갖고 있던 사람은 A 선생님이고요."

"네 사람 나이는 어떻게 되고?"

야스히사가 물었다.

"A 선생님은 일흔 살쯤. B 선생님과 C 선생님은 오십대 중반쯤입니다."

"다 남자고?"

"그렇습니다."

"회중시계란 게 얼마나 크죠?"

"꽤 큽니다. 지름 7센티미터쯤 되는 낡은 회중시계죠." 도토키는 스마트폰을 꺼내 사진을 보여주었다. "거의 실물 크기인데요."

누군가의 손바닥에 쏙 들어가게 얹힌 회중시계 사진이었다. 사슬이 달렸고 꽤 낡았는데 잘 관리하는 듯했다.

"요즘 세상에 회중시계라니. 영국 사람은 역시 다르다니까."

"이 손은 누구 손이고?"

"A 선생님입니다. 회중시계 임자인."

두툼하고 우악스러운 손바닥이다.

"그때 A 선생님은 분명히 회중시계를 갖고 있었죠?"

기라가 물었다.

"네. 여기 풋패스 입구, 저희가 방금 지난 문 근처에서 선생님이 재킷 주머니에서 꺼내 시간을 확인했거든요. 저희 모두 그걸 봤습니다. 시계를 도로 넣는 것도요."

"그래."

"그러고 나서 넷이 이 길을 산책했습니다. 한 시간쯤 걷고 잠시 쉬었다가 돌아왔죠. 왕복 거의 두 시간입니다. 그런데 돌아와서 A 선생님이 다시 시계를 보려고 했더니 없는 겁니다."

"떨어뜨린 걸까요?"

"처음엔 그런 줄 알고 다같이 찾았거든요. 어쨌거나 두 시간 사이에 잃어버린 건 틀림없으니까요. 그런데 못 찾았습니다."

"이상하군. 꽤 크니까 떨어뜨렸으면 알 것 같은데."

"소리는 나지 않았고요?"

"포석을 깐 도로라면 또 몰라도 흙이나 풀 위에 떨어지면 의외로 잘 모르니까요."

"주머니가 가벼워진 것도?"

"실은 A 선생님이 주머니에 온갖 잡동사니를 넣고 다니는 분이라서요. 그 밖에도 잡다하게 들어 있어서 주머니가 늘 빵빵하죠. 그래서 회중시계가 없어져도 몰랐던 모양입니다."

"하긴 그런 사람 있죠. 주머니 모양이 망가지든 말든 신경 안 쓰고 뭘 잔뜩 넣고 다니는 사람."

"바지 주머니에 넣은 건 아니고?"

"네. 그 자리에서 주머니를 전부 뒤졌는데 어디에도 없었습니다."

"그래서 아직까지 못 찾았다는 거지?"

"네. 두 차례 왕복하면서 살펴보고 발을 들여놓지 않은 길 주변까지 꼼꼼하게 찾아봤는데요."

도토키는 한숨을 쉬었다.

"소중한 물건이겠지."

"가족분 유품이라더군요."

기라가 머리 뒤로 깍지를 끼었다.

"참 이상하죠. 저도 아주 오래전에 뭘 잃어버린 경험이 있는데요. 떨어뜨렸으면 분명히 이 범위 내다 하고 아무리 찾아도 없더라고요."

"뭘 떨어뜨린 건데요?"

도토키가 관심이 생긴 듯 돌아봤다.

"열차 차표였는데요."

"저런, 열차를 탔어? 웬일로?"

"일 때문에 다른 사람하고 같이 간 거라 어쩔 수 없었거든요."

기라는 비행기를 못 탄 게 자못 유감이라는 듯 고개를 가로저었다.

"차표는 탑승 전에 부산하게 움직이다 보면 어느새 이상한 데에 들어가 있곤 하니까 늘 일정한 장소에 넣거든요. 그날도 평소대로 가방 안주머니에 넣었다가 꺼내서 개표구 지나고 다시 똑같은 주머니에 넣었단 말이죠. 그런데 열차에 올라탈 때 주머니를 보니까 없는 거예요. 그럼 개표구와 플랫폼 사이 어딘가에 떨어뜨렸다는 뜻이잖아요? 별로 먼 거리도 아니에요. 그래서 왔다 갔다 하면서 찾았는데 못 찾았어요."

"그래서 어떻게 했는데?"

"포기하고 열차를 탔죠. 중간에 차장한테 설명하든, 아니면 내려서 역원한테 설명하든 하려고요. 그러다가 얼마 있다가 무심코 다시 주머니에 손을 넣어봤더니 있더라고요, 차표가."

"저런. 떨어뜨린 게 아니란 말이야?"

"네. 차표는 자기를 띤 뒷면이 검은색이잖아요? 제가 차표를 뒤집어서 넣은 거예요. 주머니 안감도 시커먼 색이라 얼핏 봤을 때 차표가 안 보인 거죠. 그래서 떨어뜨린 줄 착각한 거예요."

"아하."

"옛날부터 제비점에 '분실물' 항목이 있는 게 늘 이상했거든요. 찾는다, 못 찾는다, 얼마 지나면 찾는다. 역시 옛날 사람들도 '분명히 여기 있어야 하는데 없다' 하는 경험이 있었겠죠. 가끔 이건 시공 저편으로 사라진 게 틀림없다 싶을 때가 있지 않나요?"

"기라는 역시 발상이 재미있다니까."

"그렇지만 시점을 달리하면 찾을 수 있을지도 몰라요. 도토 씨도 그래서 저희를 부른 거죠?"

기라는 도토키의 얼굴을 빤히 쳐다봤다.

도토키는 어물어물 머리를 숙였다.

"네, 뭐. 쉬시는 데 죄송합니다."

"뭘, 괜찮아. RR를 체험할 절호의 기회였으니까. 도토 군이 부탁하지 않으면 체험 못 했을지도 몰라."

"저도 그래요. 그럼 찾아볼까요?"

세 사람은 마주 보며 고개를 끄덕였다.

"그렇지만 그거야말로 등잔 밑이 어두운 거니까 풋패스 입구를 다시 잘 찾아보는 게 낫지 않아? 맨 처음 꺼냈을 때 떨어뜨렸을지도 모르잖아."

"그건 저희도 생각했는데요. 입구에서 떨어뜨린 걸 누가 가져간 게 아닐까 하고요."

"그러게. 그럼 길에 없는 것도 설명이 되고."

"그런데 A 선생님이 그건 아니라고 하는 겁니다. 얼마 동안 회중시계를 호주머니 안에서 손에 쥔 채 걸었다고 말입니다."

"흐음."

세 사람은 주위를 두리번거리며 걷기 시작했다. 남이 보면 꽤나 수상쩍게 비칠 것이다.

"금속탐지기가 있으면 좋을 텐데."

"회중시계는 은제?"

"네."

"이런 거, 나 같으면 반드시 찾아낼 수 있다는 생각 들지 않아요?"

"들지."

"그런 근거 없는 자신감은 대체 뭘까요."

"하지만 실제로 기합이란 말이지, 잃어버린 물건을 찾게 해주는 건. 제일 집념이 강한 사람이 찾아내."

"제비점으로 말하자면 전 그것도 이상하던데요. '기다리는 사람'. 그 '기다리는 사람'은 대체 뭐죠."

"운명의 상대?"

"아뇨, 결혼운, 연애운은 따로 있어요. '기다리는 사람, 오지 않는다'라고 자주 쓰여 있잖아요? 거기서 '기다리는 사람'은 누굴까, 그것도 어렸을 때부터 내내 의문이었거든요."

"아, 저도 그 생각 했습니다." 길가 풀숲을 들여다보며 도토키가 끼어들었다. "결혼 상대도 아니고 일로 만나는 사람도 아닌 '기다리는 사람'. 제 생각엔 어떤 '운명' '하늘의 계시' 같은 걸 가리키는 게 아닐까 싶은데요."

야스히사가 놀라 말했다.

"이거야 원, 도토 군은 세게 나오는데. 운명이라고?"

"네. 스스로는 어떻게 할 수 없는 '신탁' 같은 게 아닐까요."

"신탁이라."

세 사람은 주위를 두리번거리며 걸었다.

"멈춰 서지 않고 계속 걸은 거죠?"

"네. 한 번도 멈춰 서지 않았습니다. 내내 금성의 슈퍼 로테이션 이야기를 하고 있었죠."

"금성? 슈퍼 로테이션?"

야스히사와 기라는 눈을 깜박였다.

"금성은 지구하고 가장 비슷한 행성이라고 하는데, 지표 부근에 항상 어마어마한 강풍이 불거든요. 그걸 슈퍼 로테이션이라고 부릅니다. 어째서 그런 상태인지, 강풍을 발생시키는 게 뭔지 아직도 수수께끼죠. 그런데 실은 지구도 과거엔 그런 '강풍 세계'가 아니었을까 하는 설이 있어요. 바람이 하도 세서 인류가 밖에 나오지 못하고 동굴 안에서 생활한 기간이 긴 탓에 이렇게 체모가 적고 색소가 옅은 몸이 된 게 아닐까 하는 거죠."

"오오?"

"아, 다람쥐다."

기라가 길을 가로지르는 작은 동물을 가리켰다.

"아, 진짜. 다람쥐란 게 저렇게 작군."

"귀여운데요."

다람쥐는 길 한복판에 멈춰 서서 순간 이쪽을 쳐다봤다. 그러더니 금세 풀숲에 뛰어들어 사라져버렸다.

"민첩하네, 다람쥐."

"나무를 타는 것도 엄청 빠르던데요."

"전에 한국에서 산에 갔을 때 본 다람쥐는 김밥을 먹더라고."

"다람쥐는 나무열매를 먹고 사는 거 아니었어요?"

"잡식 아닐까?"

그때 휴대전화 벨소리가 울려 퍼졌다.

그 소리만이 유난히 현실적인 게 한가로운 전원 지대와 동떨어지게 느껴졌다.

"누구 전화예요?"

"나야."

야스히사가 재킷 주머니로 손을 가져갔다.

3.

전화기를 꺼내 상대방을 확인한 야스히사는 바로 전화를 받고 작은 목소리로 뭐라 이야기했다. 전화를 끊더니 얼굴을 들고 도토키를 봤다.

"미안한데 난 잠깐 빠져야겠어. 금세 돌아올 거야."

"일 때문이신가요? 괜찮으십니까?"

"응, 괜찮아. 서류 확인만 하면 돼."

"알겠습니다. 그럼 접속을 끊지 않아도 되죠?"

"응."

"그럼 계속하고 있겠습니다."

"그래."

두 사람은 야스히사를 지켜봤다.

갑자기 그의 모습이 사라지기 시작했다.

"오오."

"처음 보는데요."

말 그대로 공기 속으로 스르르 들어가듯 몸이 차츰 빨려들었다. 마치 물렁한 벽 속으로 걸어 들어간 것처럼도 보였다.

일 초도 안 돼서 야스히사는 모습을 감추었다.

"진짜로 사라지는군요."

기라가 감탄한 듯 중얼거리며 손으로 빛을 가리며 야스히사가 방금 전까지 서 있던 곳을 쳐다봤다.

"난 몇 번 본 적이 있는데 아직 익숙해지지 않는다니까요. 언제 봐도 놀랍습니다."

"텔레포테이션하곤 다른 거죠?"

"텔레포테이션은 순간 이동이니까 다르죠."

"되도록 소지품 없이 오라고 하셨는데, 몸에 지니거나 손에 든 물건은 운반이 가능하죠?"

"네. 부수된다고 간주될 수 있는 물건은 가능해요."

"저희 이동해도 되는 거예요?"

"호스트는 나니까 내가 접속한 상태로 있는 한 내가 있는 곳에만 올 수 있거든요."

"몇 명까지 접속 가능하죠?"

"글쎄요." 도토키는 생각에 잠겼다. "현재 단계에서 공유 역치는 기껏해야 10제곱미터라고 하니까 그 범위 내에 들어갈 수 있는 인원수로 치면…… 스무 명 정도까지는 어떻게 부를 수 있으려나."

"그렇군요. 그럼 거리가 벌어지면 어떻게 되는데요?"

"튕겨져 나가서 원래 장소로 돌아간다더군요."

4.

"미안해."

그로부터 십몇 분 뒤 야스히사는 이탈했을 때와 마찬가지로 돌연히 돌아왔다.

목소리가 먼저 들리더니 갑자기 아무것도 없는 곳에서 팔이 불쑥 나오고 이어서 온몸이 나타났다.

"헉." 기라는 저도 모르게 소리를 지르고 말았다. "이거 꽤 위험한데요."

"네. 그래서 RR를 할 때 장소는 여유를 두고 정하라고 엄중히 지시를 내립니다."

"어때, 찾았어?"

야스히사가 묻자 두 사람은 "아뇨"라며 고개를 저었다.

그 뒤로도 세 사람은 땅바닥에 시선을 둔 채 한가로운 길을 계속 걸었다.

점점 지쳐 말수가 줄었다.

기합을 넣어 찾고는 있는데 한가로운 산책길에는 변변한 쓰레기도 떨어져 있지 않았다. 그런대로 크고 무게가 나가는 회중시계라면 금세 눈에 띌 텐데, 시계로 착각할 물건조차 없었다.

"으음, 없는데."

"이제 곧 반환 지점입니다. 저기요."

도토키가 조금 오르막 진 앞쪽을 힘없이 가리켰다.

아닌 게 아니라 어쩐지 반환 지점으로 삼고 싶어지는 작은 숲이 보였다.

"저기서 길이 두 갈래로 갈라지거든요."

숲 위 아주 약간 구름이 옅은 곳에 주황색 빛이 번졌다.

"그때도 여기서 잠깐 쉬었습니다. 한바탕 잡담을 하다가 돌아가기로 했죠." 도토키가 주위를 둘러봤다. "그런데 A 선생님이 '담배 한 대 피우고 금세 따라갈게'라고 했거든요. 주머니에서 우그러진 담뱃갑을 꺼내면서."

"그때 떨어뜨린 거 아니에요?"

"물론 여기도 찾아봤죠. 샅샅이."

"그땐 아직 회중시계가 있었고요?"

"A 선생님은 모르겠다고 합니다. 저희가 먼저 출발하고 얼마 안 돼서 선생님도 담배를 피우며 뒤따라와서 왔던 길로 돌아갔습니다."

"그래서 문 있는 데까지 왔는데 회중시계가 없더라?"

"그렇죠."

"저희도 돌아갈까요?"

세 사람은 누가 먼저랄 것 없이 구름에 부옇게 번진 태양을 멍하니 올려다봤다.

5.

"이봐, 도토 군. 뭔가 더 심오한 이유가 있어서 우리를 부른 거 아니야?"

터벅터벅 길을 걷기 시작한 도토키의 뒷모습을 향해 야스히사가 주저하듯 말했다.

"네?" 도토키가 흠칫 놀란 듯 돌아봤다. "심오한 이유라뇨?"

어쩐지 파랗게 질린 얼굴이었다.

"아니, 뭐랄까……" 야스히사는 도토키의 반응에 당혹한 듯 고개를 갸웃했다. "단순히 분실물 찾으려고 구태여 우리를 부를 것 같지 않아서. 뭔가 심각한 문제가 발생한 거 아냐?"

도토키는 말문을 잃고 멈춰 섰다.

기라가 이상하다는 표정으로 도토키를 쳐다봤다.

도토키는 잠시 망설이다가 입을 열었다.

"……실은 좀 난처한 분위기라서요."

"뭐가?"

"B 선생님과 C 선생님은 현재 어느 자리를 둘러싸고 라이벌 관계에 있거든요. 그리고 그걸 결정할 입장에 있는 사람이 A 선생님입니다."

도토키는 누구 다른 사람이 있는 것도 아닌데 목소리를 낮추었다.

"아하." 야스히사와 기라가 납득한 듯 말했다.

"그래서 B 선생님과 C 선생님은 서로 상대방이 A 선생님 시계를 훔쳤다고 주장하고 있습니다. 다시 말해 그 자리에 상대방은 적합하지 않다는 거죠. 물론 지금도 시계는 찾지 못했고 양쪽 모두 주장에 근거가 없어요. 그러더니 이젠 두 사람 다 제가 훔쳤다고 하지 뭡니까."

"그건 또 왜?"

"화풀이랄지, 덤터기입니다. 제가 탐정소설을 좋아하고 탐정

노릇을 한다는 게 근거인 모양입니다만."

"그건 뭔 소리래요?"

"생트집이 따로 없군."

야스히사와 기라가 야유했다.

"그런데 그게 소문이 나는 바람에요, 아주 난감합니다."

"너무한데."

"A 선생님은 뭐라 하고?"

"요새 이야기를 못 하고 있습니다. 저희 셋 다 피하는 것 같아요. 훔쳤다느니 안 훔쳤다느니 그런 이야기에 넌더리가 났겠죠. 아니면 저희 셋 중에 정말로 시계를 훔친 범인이 있다고 생각하는 걸지도 모르고요."

도토키는 기운이 없었다. 설마 자신이 도둑 취급을 받을 줄은 몰랐을 것이다. 생각지도 못한 누명에 상처를 받았다는 것을 짐작할 수 있었다.

"으음."

위로하려고 입을 연 야스히사와 기라는 할 말을 찾지 못해 도로 입을 다물었다. 회중시계의 행방을 모르는 판국에 무슨 말을 해도 그리 위로가 될 것 같지 않다.

세 사람은 터벅터벅 돌아왔다.

키가 훌쩍 큰 도토키의 뒷모습이 작아 보였다.

돌아올 때는 빨랐다. 타성처럼 회중시계가 없는지 찾아보고
는 있지만 이미 체념의 경지에 다다랐다는 것은 서로 감지할 수
있었다.

"슬슬 RR를 시작한 지 세 시간이 돼가네요."

기라가 중얼거렸다.

처음에 지났던 문에 가까워 왔다.

"뭐, 있으려고 하면 얼마든지 있을 수 있지만요."

세 사람은 멈춰 서서 막연히 서로 마주 봤다.

"시간 내주셔서 감사합니다."

도토키는 꾸벅 머리를 숙였다.

시계는 찾지 못했지만 두 사람과 이야기를 하면서 마음이 조
금 가벼워졌다.

야스히사와 기라도 미련은 남는 듯했지만 이제 곧 어두워질
테니 이 이상은 찾을 수 없다.

"다음에 말레이시아에도 와."

"도쿄에도 RR로 오세요."

두 사람은 새삼스레 자신들이 있는 장소를 유심히 둘러봤다.

"정말로 영국에 있는데 순식간에 돌아갈 수 있다는 게 신기하
단 말이지. 일에 써먹을 수 있겠어."

"저도 활용해야겠어요."

"이런 식으로 조사도 할 수 있고."

"도토 씨처럼 학회 같은 게 많은 사람한테 편리하겠는데요."

기라는 문득 자신의 말에 반응한 것처럼 하늘을 올려다보며 조용해졌다.

"······학회?"

다시 한 번 중얼거렸다.

"왜?"

"오즈 씨."

기라는 느닷없이 야스히사를 봤다.

"뭐?"

"아까 이탈했을 때 뭘 하러 가셨던 거죠?"

"응? 서류를 보러 간 거였는데."

"전화하려고 그러신 거죠?"

"응."

"그 서류, 지금 있으세요?"

"아니, 저쪽에서 보고 거기 두고 왔는데."

야스히사는 어물거렸다. 질문의 의미를 모르는 듯했다.

그건 도토키도 마찬가지였다.

기라는 잠시 생각에 잠겼다.

야스히사와 도토키가 마주 봤다. 기라는 얼굴을 들었다.

"도토 씨, 풋패스를 돌아올 때 A 선생님 혼자 나중에 따라왔죠? 담배 피운다면서."

"네."

"그때 선생님이 담배에 불을 붙이는 걸 보셨나요?"

"아뇨. 우리는 먼저 걷기 시작했으니까요. 하지만 선생님은 금방 뒤따라왔는데요."

"금방이라면 얼마나?"

"진짜 금방입니다."

"그게 왜?"

야스히사가 물었다.

"저…… 혹시 A 선생님은 RR로 분과회에 참석한 거 아니에요?"

"네?" 도토키는 저도 모르게 되물었다. "선생님이요?"

"네. 선생님이 저기서 우그러진 담뱃갑을 꺼냈다고 하셨잖아요?"

기라는 반환점을 가리켰다.

"네."

"그 말은 담배가 다 떨어지고 없었단 뜻 아닌가요?"

도토키는 흠칫 놀랐다.

선생님의 손 언저리가 뇌리에 되살아났다. 분명히 그건…….

"그럼……."

"A 선생님은 새 담배를 가지러 이탈했던 겁니다. 이야기를 듣기로 선생님은 그다지 꼼꼼한 사람이 아니죠. 주머니에 온갖 잡동사니를 넣고 다닙니다. 빈 담뱃갑도 버리지 않고 그냥 들어 있어요. 그래서 선생님은 이탈했을 때 새 담배를 주머니에 쑤셔 넣었습니다. 맞다, 선생님이 문 있는 데로 돌아와서 주머니를 뒤졌을 때 새 담뱃갑은 있었나요? 우그러진 빈 담뱃갑은요?"

도토키는 기억을 더듬었다.

그는 '영상 기억'에 가까운 능력이 있었다.

선생님이 주머니를 전부 뒤져 안에 든 물건을 문 옆에 늘어놨을 때.

새 담배는 있었다. 갓 뜯은 담배. 그렇지만 우그러진 담뱃갑은…….

도토키는 얼굴을 들었다.

"없었어요."

"그렇죠. 그게 증거입니다. 선생님은 분명 물건이 잔뜩 든 주머니에서 아무렇게나 물건들을 꺼냈을걸요. 새 담뱃갑을 넣을 자리를 내려고 회중시계도 꺼낸 거죠."

"설마."

"그런 건 무의식적인 동작이죠. 제가 무의식중에 가방 주머니에 표를 넣은 것처럼. 그러니까 문으로 돌아왔을 땐 정말로 회중시계를 잃어버렸다고 생각했을 거예요. 자기가 이탈했을 때 두고 왔다는 걸 잊어버린 거예요."

"까맣게 몰랐는데요. 그때 선생님이 RR였다니. 누구하고 연결돼 있었던 거지? 우리 중 누군가?"

도토키는 경악했다.

설마 그들 중 가장 나이가 많은 선생님이 RR 같은 최첨단 기술을 이용할 줄은 꿈에도 몰랐다.

하지만 지금 눈앞에 있는 야스히사와 기라를 보면 RR라는 것을 알아도 '같이 있다'고 느끼게 되니, 모르는 사람이 보면 분간할 수 없을 것이다.

"어쩌면 아까처럼 도토 씨나 B 선생님이나 C 선생님이 누군가를 위해 계속 접속중이었을지도 몰라요. A 선생님은 그걸 알아차렸기 때문에 함께 산책을 나올 수 있었던 거예요."

"그럴 수도 있겠군요."

"어쩌면 전부 RR로 참가한 건 아니었을지도 몰라요. 그때 산책했을 때만 RR였고 나머지는 실제로 참가했을지도 모르죠. 하지만 A 선생님은 RR로 산책에 참가했다는 말을 할 수 없는 사정이 있었던 게 아닐까요?"

"무슨 사정?"

"글쎄요. 그건 모르죠. 어디 있는지 알리고 싶지 않았다든지, 아니면 RR를 이용하고 있다는 것 자체를 알리고 싶지 않았다든지."

그럴 가능성은 있다는 생각이 들었다.

"A 선생님은 나중에 자기가 이탈했을 때 두고 온 시계를 발견하고 실수를 깨달았어요. 주머니까지 전부 뒤졌으니 사실은 잃어버린 게 아니란 말을 할 수 없죠. 게다가 일어나지도 않은 도난 사건까지 일으키고 말았거든요. 하지만 RR를 쓰고 있었다는 말은 하고 싶지 않으니까 세 사람하고 거리를 두고 있는 거예요."

"그랬군요."

도토키는 신음했다.

그래서 피했던 건가.

잠자코 듣고 있던 야스히사가 입을 열었다.

"세 사람을 피하는 걸 보면 A 선생님도 분명히 마음이 편치 않을 거야. 조만간 적당한 기회를 봐서 시계를 잃어버렸다는 건 착각이었다고 말하지 않을까. 가령 담배를 피울 때 떨어뜨린 걸 까마귀가 가져갔다든지."

"그러네요, 까마귀라면 실제로 그럴 법도 하네요."

기라도 고개를 끄덕였다.

"선생님이 차마 말을 못 꺼내는 것 같으면 자네가 넌지시 지적해주지?"

생각에 잠겨 있던 도토키가 흠칫 놀라며 허둥지둥 손을 내저었다.

"아뇨, 그건 됐습니다. 진상만 알면 됐어요. 모르는 채로 어중간하게 붕 떠 있는 게 제일 힘들거든요."

세 사람은 각자 진상을 생각했다.

"……앞으로 RR가 알리바이 공작에 쓰이게 되려나요?"

기라가 고개를 갸웃했다.

"글쎄, 어떠려나. 반대로 목격자가 있어도 동시에 다른 곳에 있을 가능성도 있는 거니까 혼란의 원인이 될지도 몰라."

"추리소설 쓰는 사람도 힘들겠는데요."

"복잡하군요."

야스히사는 손목시계를 봤다.

"아, 도토 군. 난 일이 있어서 이만 이탈해야겠는데."

"저도 가볼게요. 언제 다시 뵙죠."

"감사합니다. 그럼."

6.

다음 순간, 도토키는 혼자 한가로운 길가에 서 있었다.

이거야 원. 그렇게 된 일이었을 줄이야.

도토키는 하늘을 우러렀다가 자신이 혼자 있다는 것을 확인하듯 주위를 둘러봤다.

난 역시 이번에도 명탐정이 되지 못했군.

도토키는 자신이 낙담했는지 안심했는지 잘 알 수 없었다.

굳이 따지자면 실망한 것 같다. 두 사람 앞에서 직접 해결해 보이고 싶었는데.

"어이구."

도토키는 그렇게 소리 내어 말해봤다.

그의 목소리는 저물녘의 바람 속에 녹아들어 사라졌다.

그는 고개를 내저으며 홀로 근처 펍을 향해 걷기 시작했다.

7.

까마귀가 회중시계를 물고 갔던 모양이다. 누가 찾아다줬다, 소란을 피워서 미안하다며 A 선생님이 도토키에게 알린 것은 그다음 주 초였다.

다행입니다. 까마귀였군요. 까마귀는 반짝이는 물건을 좋아하니까요.

도토키가 그렇게 답하며 진심 어린 미소를 지은 것은 말할 것도 없다.

얼마 뒤 A 선생님이 서른 살 이상 나이 차가 나는 연하의 동업자와 바람 피운 것 때문에 오랜 세월 함께 살아온 부인과 이혼했다는 말을 들었을 때도, 그는 혼자 고개를 끄덕였다.

아마릴리스

(보이스리코더의 재생 버튼과 함께 흘러나오는 소리. 종이가 바삭거리는 소리, 그릇이 맞부딪치는 달카닥달카닥 소리, 헛기침, 사람들 드나드는 소리)

"……여러분, 오늘 바쁘신 중에 이렇게 시간 내주셔서 감사합니다(조금 긴장한 젊은 남자 목소리). 오늘은 작년 8월 17일에 작고하신 K 대학 문학부 역사학과 교수 나가오카 모리타로 선생님을 추모하기 위해 이렇게 자리를 마련했습니다. 돌아가시기 직전까지 대학원에서 선생님께 지도를 받았던 저, 시바타 다쓰야가 미숙하나마 사회를 맡게 됐습니다(작은 박수 소리). 아, 감사합니다……."

"······다만 나가오카 선생님은 여러분도 아시다시피 서글서글하신 성품에 격식 차린 분위기를 싫어하는 분이셨던 만큼, 어린 시절부터 알고 지내셨던 고향 친구분들께서는 모쪼록 기탄없이 선생님에 관한 추억담을 들려주셨으면 합니다. 잘 부탁드립니다(박수). 그럼 나가오카 선생님과 대각선으로 맞은편 댁에 사셨고 자타가 인정하는 선생님의 죽마고우이신 하야미네 하지메 님께 부탁드리려······."(중단)

"네, 방금 소개를 받은 하야미네입니다. 이거 참, 그로부터 벌써 일 년 지났다는 게 믿기지 않는군요. 나하고 나가오카, 아니, 서로 모리, 하지, 그렇게 불렀으니까 모리라고 부를까요, 진짜 코흘리개 시절부터 알고 지낸 사이라서 말이죠, 이젠 이 세상에 없다는 게 실감이 안 나는군요. 게다가 아시다시피 축제가 한창일 때 순식간에 벌어진 일이었죠. 참 애석한 일입니다. 설마 다른 사람도 아니고 모리가, 분명히 누가 됐건, 아니, 이거 참 애석하네요. 지금도 맞은편 집에 있을 것 같고 '야, 하지' 이러면서 들어올 것 같은데, 정말이지 아무리 생각해도 아쉽습니다."(중단)

"······모리타로 군으로 말하자면 향토 사랑이 대단한 친구였죠(다른 나이 든 사람의 목소리). 생애의 길로 역사를 선택한 것도 자기가 태어난 토지의 옛 전승에 관심이 있어서라고 들었습니다. 이 일대는 독자적인 신화가 남아 있어서 어렸을 때 종종

(잘 들리지 않는다). 그 친구와 종종 개울에서 멱을 감았고 물론 산에도 올랐습니다. 그 친구는 목소리가 워낙 커서(웃음) 어디 있어도 알 수 있었죠. 어쨌거나 본래 목소리가…… 교단에 선 뒤로도 목소리가 참 잘 들려서, 아니, 시끄러워서 학생들이 수업 시간에 졸고 싶어도 못 졸지 않았을까 싶군요(웃음). 명문 K대학 교수가 됐다는 소식을 들었을 땐 저희도 얼마나 자랑스러웠는지, 본인은 쏙 빼놓고 저희끼리 축하 잔치를 했답니다(웃음). 이곳은 보시다시피 대단히 외딴 벽지다 보니 대학에 간 뒤로 좀처럼 내려오지 못했습니다만, 축제에만은 반드시 참가하겠다고 별렀습니다. 그런데 설마 이렇게 될 줄은…… 하지만 참가하지 못했으면 못한 대로 모리타로 군은 아쉬워했을 테니 역시 운명이 아니었을까, 그렇게 스스로를 설득해봅니다(숙연한 분위기)."

(뚝, 하고 소리가 끊겼다가 다시 재생. 조금 시간이 경과한 것 같다. 술을 마셨는지 상당히 떠들썩하게 웃는 소리)

"자, 한잔 받으시죠. 아까도 말씀하셨는데 선생님의 제자인 저희도 아직 선생님이 안 계시다는 게 실감이 안 납니다. 아시다시피 워낙 신출귀몰한 분이셨으니까 트레이드마크인 배낭과 모자 차림으로 지금 당장이라도 나타나실 것 같은 게……."

"맞아요, 이쪽으로 돌아올 때도 똑같았죠. 으하하 웃으면서 말이에요. 모리가 오면 100미터 밖에서부터 알겠다고 다들 그랬다니까요."

"여, 자네도 들어. 오늘 고생했지? 일부러 여기까지 걸음해서 준비도 해주고."

"감사합니다. 잘 마시겠습니다. 저야말로 자택을 사용하게 해주셔서 감사합니다. 적당한 장소가 없던 차에 덕분에 살았습니다."

"아냐, 우리도 작년엔 하도 갑작스러운 일에 기절초풍하느라고 이런 기회를 마련하지 못했으니까 되레 잘됐지."

"축제 뒷정리도 해야 했고 말이지. 그땐 난리도 아니었어. 경찰까지 오고 말이야. 하여간 그게 웬일인지."

"저, 선생님은 귀성해 계시던 중에 사고를 당하셨다고만 들었는데 어떤 상황이었는지요? 휴일 지나고 왔더니 갑자기 돌아가셨다고만 듣고 다른 말씀은 못 들었거든요. 벌써 장례까지 마치셨다고 하고요. 솔직히 아닌 밤중에 홍두깨랄지, 정말로 실감이 안 나서요……."

(침묵)

"아, 응. 불행한 사고였어. 안 그래?"

"그럼. 설마 모리가 말이야. 하지만 하는 수 없었어. 우리도 삼십칠 년 만이었으니까. 다자키 아버지가 꼴까닥하는 바람에 안 좋은 예감은 있었는데."

"우리 본가 할머님이 몸져누운 것도 좋지 않아. 본인은 뭔 일이 있어도 나가겠다고 했지만 류머티즘이 그렇게 심해서야. 선두가 역시 중요하잖아."

"저, 선생님 말씀이 고향에 아주 보기 드문 축제가 있다고 하셨는데, 그게 작년이었던 거죠?"

(침묵)

"응, 뭐. 예년엔 하루만 하는데 작년엔 대축제라."

"혹시 선생님은 그 축제에 참가하시던 중에 사고를 당하신 건가요?"

"그래. 애석한 일이야."

"그러게."

"위험한 축제입니까?"

"별거 아냐."(중단)

(여기서 여러 차례 자꾸 음성이 끊긴다. 스위치를 몇 번씩 다시 켜는 듯)

"아니, 뭐, 보기 드물다기보단. (마지못해) 그냥 간격이 긴 것뿐이야. 삼십칠 년마다 하는 것뿐이고 축제 자체는 딱히 별거 없지?"

"암, 그럼. 신위를 안치소까지 운반하는 것뿐이야."

"엄청 심심하다고. 음악도 없고."

"그냥 밤중이고 산길이라서 좀."

"난 발까지 꼬이지 뭐야. 충격이었다고. 꼬맹이 땐 막 뛰어다녀도 아무렇지도 않았는데. 나도 늙은 거지(한탄)."

"네, 그렇군요(납득한 눈치로). 혹시 수험도에서 유래한 건가요? 밀교계 행사라든지?"

"아이고, 무슨 그런, 그렇게 거창한 게 아냐. 그냥 한 줄로 서서 닷새간 연속으로 밤중에 산봉우리를 타고 안치소까지 왔다 갔다 하는 게 다라고."

"뭐, 눈을 뜨면 안 된다는 게 좀 성가시긴 하지만."

"네?(놀란다)"

"(허둥지둥) 아니, 그, 어차피 캄캄하니까 뜨든 안 뜨든 매한가지인데."

"그냥 평범한 시골 행사야."

"눈 감고 산을 오르는 겁니까? 엄청 고생일 것 같은데요."

"안 그래(딱 잘라). 여기 사람들은 익숙하니까. 게다가 길에

금줄 쳐놨으니까 그걸 따라가면 문제없다고."

"눈가리개를 하고 있으면 오케이야. 슬며시 고개를 숙이면 몰
래 볼 수 있으니까(으하하하, 하고 다소 술 취한 웃음소리)."

"맞아, 요렇게 실눈 뜨고 밑을 보면 다 보이거든."

"눈가리개를 하고만 있으면 되는 거야."

"그래요?"

"그럼. 우리 축제 같은 건 아무래도 상관없잖아. 어차피 이제
한동안은 없을 텐데. 다음번엔 우리 모두 죽고 없을 거라고."

"네에. 그나저나 여간 일이 아니겠는데요. 삼십칠 년에 한 번
이면 살면서 두 번 할 수 있을까 말까 그런가요. 다음번에 할 때
길 잃고 헤매거나 하지 않습니까?"

"그야 헤매지. 안 그래?"

"응, 엄청 헤매. 원래는 구리야마 신사에서 주관해서 해야 되
는데, 거기 아들이 오사카로 가버려서."

"도망친 마누라를 뒤쫓아갔지."

"애초에 호스티스 출신이잖아. 이런 촌구석에서 신관 마누라
노릇을 할 수 있겠어?"

"꽤 내 취향이었는데."

"야, 이 바보야. 몇 살 차이인 줄 아냐?"

"영화에도 나왔다던데?"

"나도 그 소문 들었어. 스카이트리 안에서 홀딱 벗었다지? 대체 어떻게 찍은 걸까 몰라. 아, 맞다, 지난번 거 비디오는 찍어놨는데 역시 재현하는 게 쉽지 않네. 자꾸 잊어버리고 말이야. 매뉴얼만으로는 안 되겠어."

"행사 쪽은 어떻게든 되겠는데, 아마릴리스가 말이지."

"야(질책)."(중단)

(재생. 또 시간이 얼마 지났는지 다들 상당히 취한 목소리다. 시끌벅적해서 크게 말하지 않으면 들리지 않는 것 같다)

"그나저나 모리는 진짜 심했지(중얼중얼)."

"네? 뭐가요? 뭐가 심했습니까?"

"한동안 밥이 넘어가질 않았다고."

"왜요?"

"난 무말랭이를 못 먹게 됐어."

"그만둬."

"어쩌 생각나서 말이야. 무말랭이랑 당근이랑 유부 조린 거 있잖아? 그걸 보면 모리 생각이 나지 뭐야."

"무슨 말씀입니까?"

"그만두라니까."

"진짜 갈가리 찢어졌잖아."

"모리 그 녀석, 있는 힘껏 소리쳤으니 말이지."

"살점하고 피부가 말이야, 비슷하더라고, 힘줄 조림 같아가지곤, 무말랭이 조린 거하고 비슷해."

"목소리가 좀 컸어야지. 사방에 울려 퍼졌으니."

"그거 너 때문 아니냐? 모리가 목소리를 내는 바람에 아마릴리스가."

"난 잘못 없다니까. 어이구, 한동안 잊고 살았는데 기일이 다가오니까 또 꿈에 나오네."

"입 좀 다물라니까."(중단)

"지금이니까 하는 말인데 솔직히 믿지 않았거든. 설마 그럴 리 있나. 아버지랑 삼촌한테 듣긴 했지만, 설마 요즘 세상에 그런 일이 있겠나 생각했다고."

"뭔 소리야?"

"알면서 왜 물어? 아마릴리스 말이야."

"이름 말하면 안 된다니까."

"십중팔구 모리도 미신이라고 생각한 거 아닐까?"

"아니, 그건 아니지. 그 친구는 선생이었잖아."

"그래, 선생이었어. 그러니까 더 그런 거야. 역사는 논리의 눈으로 본다느니 뭐니 하면서 이것저것 조사했잖아. 지난번 일도 있었는데."

"그 친구가 입버릇처럼 하던 말이지. 논리가 어쩌고저쩌고."

"그렇지. 그야 나도…… 어쨌거나 삼십칠 년 만이었잖아."

"그러니까 말이야. 무섭다는 말을 듣긴 했어도 꼬맹이 때 들었으니 이제 별로 효과가 없다고. 이렇게 나이 잔뜩 먹어서 어렸을 때 무서워했던 걸 무서워하라고 한들 무리 아냐?"

"그게 사실이었어. 그때 들은 이야기는 과장이 아니었던 거야."

"그러게…… 다음번엔 어떻게든 해야지."

"다음이 있으면 말이지만."

"그런 무서운 소리 말라고. 다음번에 안 하면 뭔 일이 날지."

"그렇지만 우리 손주 녀석도 그렇고, 아무리 무섭다고 말을 해줘도 게임 같은 걸로 받아들인다고. 설마 현실에서 자기가 무말랭이가 될 줄은 상상도 못 할걸."

"맞아. 그런 메스꺼운 게임이니 만화에선 피범벅이 돼서 아무렇지도 않게 사람을 죽여대면서 벌레는 못 잡지, 주사는 싫어하지."

"나도 주사는 싫은데."

"남자는 피라면 질색이라 그래."(중단)

"죄송한데 질문 하나 해도 될까요?(많이 취했다)"

"뭔데, 형씨?"

"쟤가 누구더라? 본가 아들 녀석? 구리야마 신사 후계자? 축제 내팽개치고 오사카로 도망친? 아마릴리스한테는 그 녀석네가 가면 좋을 텐데(이쪽도 취했다)."

"모리의 제자야. 오늘 사회 봤잖아."

"저, 아까부터 말씀하시는 아마릴리스란 게 뭔가요?"

"뭐?"

"아마릴리스란 게, 뭐죠? 꽃인가요?"

"너 바보냐? 꽃은 무슨 꽃. 아마릴리스는 아마릴리스지."

"그렇죠? 아까부터 듣자니까 도무지 꽃 같지 않거든요. 전 꽃 아마릴리스만 아는데요."

"그야 모르겠지. 이 부근에선 아마릴리스라고 하면 아마릴리스라고."

"선생님께도 아무 말 못 들었는데요."

"당연하지. 입 밖에 낼 게 아냐. 특히 타지에선."(중단)

"아니. 나도 노인네들 이야기를 들었을 땐 거짓말인 줄 알았다고. 그렇게 무서운 건 줄 몰랐어. 너도 그렇지 않아?"

"응. 어린애들 겁주려고 지어낸 건 줄 알았지."

"채소 무침이라고 하니까 그렇지. 채소 무침이라고, 채소 무침. 거짓말인 게 당연하지 않겠어? 그런 게 어떻게 가능해?"

"그때도 모리처럼 열심이었다지? 어디 선생이었지?"

"아니, 선생은 아닌 것 같던데. 그래, 맞다, 공무원. 어디더라, 문부성 아니고, 통산성도 아니고."

"그래? 선생이 아니었군. 한 명 아니었지?"

"그런 모양이야. 몇 명 있었는지 모를 정도였다지. 죄다 뒤섞여서."

"머리 수를 세어서 확인했다며?"

"그래. 여러 명이 섞여가지곤, 진짜 설에 먹는 홍백 채소 무침하고 똑같았다던데."

"그만 좀 해라. 이번엔 설에 생각나겠다."(중단)

"그러니까 아마릴리스란 게 뭔데요? 가르쳐주세요."

"쉿. 그렇게 큰 소리 낼 게 아냐. 아마릴리스는 자기 이름을 부르면 금세 알아차리거든."

"그러니까 뭐냐니까요, 아마릴리스가?"

"입 다물지 못해? 목소리가 너무 커(허둥지둥)."

"다 들린다. 저 말이야, 오늘은 예제例祭거든. 하루만 하는."

"우리 아까 참배드리고 온 길이라고. 작년에 난리가 났으니 말이지. 정성스레 사죄하고 공물을 바치고."

"작년이라면 선생님이 돌아가신 거 말씀입니까?"

"그 친구는 말을 해서 그래. 눈가리개를 벗지 마라, 소리를 내면 안 된다, 그렇게 타일렀는데. 본가 할머님이……."

"할 수 없잖아, 넘어진 걸 어쩌겠어."

"야, 너, 아마릴리스가 온다(진지하게)." (중단)

"아마릴리스는 무섭다고(낮은 목소리로)."

"이빨이 엄청 날카로워. 너 같은 건 순식간에 무말랭이가 될 거다."

"동작도 재빠르거든. 눈에 보이지도 않을 만큼. 어두운 곳에 숨어 있다가 확 뛰쳐나와서 순식간에 공격해."

"진짜 안 보이더라고. 그렇게 빠를 줄이야."

"모리도 소리를 내서 당한 거야."

"네가 꿈지럭거리다가 넘어졌잖아."

"신발이 뿌리에 걸려서 그래. 어쩔 수 없었다고. 그런데 모리가 뒤에서 따라오다가 들이받았어. 모리가 소리를 내서 그런 거지, 내 잘못이 아냐. 소리만 안 냈으면 당하지 않았을 텐데."

"넘어지는데 당연히 소리가 나오지. 아마릴리스는 사람 목소리에 예민하거든. 이름이 불리면 멀리서도 안다던데."

"그 친구는 원래 목소리가 크니까 말이지. 100미터 밖에서도 알 수 있다니까."

"네? 그게 무슨 말씀인가요?(혼란)"

(꽤 시끌벅적하다. 술자리가 무르익었다)

"……역사는 논리의 눈으로 본다. 선생님이 입버릇처럼 하신 말씀입니다. 보자고요, 아마릴리스. 식물이 아닌 아마릴리스."

"어이, 걘 누구야? 본가 녀석? 설마 구리야마 신사 후계자는 아니겠지? 아하하, 알아? 호스티스 따라서 오사카로 도망친 녀석. 스카이트리에서 홀딱 벗은 여자를."

"논리의 눈으로 본다. 선생님이 자주……."

"잠들었군. 오늘 사회 본 친구야. 너무 많이 마셨다. 그만 일어나는 게 좋지 않겠어?"

"오사카?"

"……이봐, 아까부터 유난히 어둡지 않아? 아직 해 떨어지려면 멀었는데."

"낮술은 취하는군."

"……어째 이상하지 않아?"

(그때 뒤에서 기묘한 소리가 들린다. 바삭바삭인지, 삐걱삐걱인지, 벌의 날갯짓 소리 같기도 하고 뭔가가 스치는 것도 같은 귀에 거슬리는 소리)

"이 소리는 뭐야?"
"밖에서 들리는 건가?"
"비 와?"
"소나기?"

(술렁술렁 사람들이 움직이는 기척. 거기에 뭔가를 맞비비는 듯한, 땅울림 비슷한 소리가 크게 겹친다)

"헉, 바깥 봐."
"아마릴리스가."
"저렇게 잔뜩."
"맙소사."

(비명. 땅울림 같은 무시무시한 소리. 뭔가의 포효 같기도 하다. 공간을 뭔가가 빽빽하게 메운 듯한 기척. 고함, 파열음, 잡음)

소리는 거기서 뚝 끊겼다.

주위는 정적에 싸이고, 이윽고 한 박자 쉬었다가 매미가 요란하게 울기 시작한다.

"……이게 뭐야?"

남자는 당혹스러운 얼굴로 옆에서 같이 듣고 있던 여자를 쳐다봤다.

"뭐지?"

여자도 남자 못지않게 곤혹스러운 시선으로 그를 봤다.

젊은 커플이 보이스리코더를 주운 것은 오토바이를 타고 찾은 깊은 산속의 근사한 철교 위에서였다.

한복판에 뒹굴고 있던 것을 주워 무심코 재생 버튼을 눌러본 것이었다.

"한 번 더 들어볼까?"

"응."

그런데 무슨 영문인지 그 뒤로는 아무리 만져봐도 들을 수 없었다.

"이거 어쩔까?"

"그냥 버리지? 어째 섬뜩하기도 하고, 갖고 가는 것도 싫고."

"그러게."

남자는 다리를 건넌 곳에 있는 풀숲에 보이스리코더를 버렸다. 순식간에 여름풀에 뒤덮여 보이지 않게 됐다.

두 사람은 속도를 올려 푸른 하늘에 소나기구름이 뭉게뭉게 솟은 비탈길로 사라졌다.

보이스리코더를 버린 풀숲에는 숨어 있듯 나무 안내판이 서 있었다. 관리하는 사람이 아무도 없는지 이미 썩어 글씨가 보이지 않았다.

그래도 '구리야마 신사까지 5킬로미터'라는 글자만은 가까스로 알아볼 수 있었다.

고
보
레
히

꽤 오래전에 같이 일하는 동료와 하이킹을 간 적이 있다. 기분 좋은 초여름 날에 간 하이킹은 다행히 날씨도 좋아 삼림욕을 만끽했다.

문득 한 동료(임시로 A라 하자)가 이상하게 걷는 것을 알아차렸다. 숲속을 걸을 때 어째선지 나뭇가지 사이로 비치는 햇빛*을 피해 그늘만 골라 걷는 것이었다. "자외선이 신경 쓰여서?" 하고 놀리자 A는 쓴웃음을 지었다. 실은 어렸을 때부터 나뭇가지 사이로 비치는 햇빛을 피해 걷는 버릇이 있다고 했다.

A의 고향은 동해 쪽 호설 지대로, 논과 논 사이에 방풍림이

* 일본어로 고모레비 木漏れ日

점점이 자리하는 전형적인 전원 지대였다. 마을 외곽에 수호신을 모시는 신사의 숲이 한층 크게 있는데, 어른들은 그곳에서 놀면 안 된다, 특히 맑은 날 숲속에 비쳐드는 '고보레히'를 쬐면 안 된다고 단단히 일렀다.

고보레히? 고모레비가 아니라? 누가 묻자 A는 고개를 가로저었다.

A의 본가 부근에서는 '고모레비'를 '고보레히'라 부른다고 했다. 아무튼 고보레히를 쬐면 '접하게' 되니, 무슨 일이 있어도 신사 숲의 '고보레히'에 가까이 가면 안 된다고 가르쳤다.

어느 날, 그는 친구와 함께 몰래 신사의 숲에 들어가 놀았다. 물론 규칙을 잊은 것은 아니었지만 그날 아침 일기예보에서 종일 흐리다고 했기에 괜찮을 줄 알았다. 그런데 일기예보가 틀렸다. 노는 사이에 점점 구름이 걷혀 하늘이 환해지면서 숲속에 햇빛이 여러 줄기 비쳐들었다. 숭엄함에 A는 순간 넋을 잃었다.

그때 친구가 들고 있던 공을 떨어뜨리고 말았다. 공은 햇빛 속으로 데굴데굴 굴러갔다. 친구는 무심코 공을 주우려고 햇빛 속으로 몸을 굽혔다.

다음 순간, A는 기묘한 광경을 봤다.

햇빛이 친구의 뒤통수를 관통했다.

머리에 닿은 빛이 친구의 입에서 나와 한 줄기 광선을 그리며 그의 발치에 있는 공을 비추고 있었다. A는 순간 자신이 본 게 뭔지 알 수 없었다. 그게 있을 수 없는 광경이라는 것을 시간이 지나서 비로소 깨달았다고 한다.

그날 밤부터 친구는 고열이 났다. 열은 며칠 뒤 떨어졌지만 그 뒤 몇 달 동안 맥을 추지 못했다. '고보레히'를 쬐어 '접한' 탓이라고 소문이 났다.

그 뒤로 그는 나뭇가지 사이로 비치는 햇빛을 겁내며 피하게 됐다고 한다.

'고보레히'는 어떤 한자를 쓰느냐고 물으니, '零れ氷' 또는 '零れ霊'인 것 같지만 자세히는 모른다는 대답이 돌아왔다.

나
쁜
봄

"아닌 게 아니라 돌이켜봤을 때 그때가 그거였다, 거기가 전환점이었다 하고 확실하게 알 수 있는 해가 있지."

모래주머니 알 아히요의 올리브오일이 뜨거웠는지 B코는 그렇게 말하며 얼굴을 찡그렸다. "앗 뜨거"라며 입술을 오므렸다.

"그게 1995년이었다고?"

"응. 여러 의미에서 상징적인 한 해였어."

"그럼 2011년은? 아, 같은 걸로 주세요."

필자는 두 잔째 맥주를 카운터 안 여자 주인에게 주문했다.

"으음, 물론 2011년도 그런데⋯⋯." B코는 신음했다. "그렇지만 1995년하곤 성격이 다른 것 같아."

"성격?"

필자는 고개를 갸웃하며 올리브를 먹었다.

"저한테는 2008년이네요."

주인이 탭을 열며 중얼거렸다.

"왜 2008년인데요?"

요시야가 물었다.

옆에서 조용히 맥주를 마시던 그는 필자 앞의 피클을 훌쩍 집었다.

주인은 어깨를 으쓱했다.

"리먼 사태 말이에요. 저희 가게엔 외국 손님이 많았기 때문에 영향을 고스란히 받았답니다. 그날을 경계로 단골손님이 정말 통째로 없어졌지 뭐예요."

리먼 사태. 반사적으로 서브프라임 모기지란 단어가 머리에 떠올랐다. 윤리와 도덕이 터럭만큼도 없는 터무니없는 이야기였다는 인상도.

그게 9월에 있었던 일 아니었나?

"이 근처는 외국계 회사가 워낙 많으니까요."

"요시야 씨는 그땐 아직 저희 가게에 오지 않으셨을 때죠?"

"네. 전 2010년대에 처음 왔으니까요."

"저, 요시야 씨는 어떤 일을 하세요?"

초면인 B코가 단도직입으로 묻기에 주인과 필자는 무심코 서로 마주 봤다.

실은 두 사람 다 전부터 요시야의 직업이 궁금했는데 지금까지 알아내지 못했다. 그래, 초면인 사람 쪽이 더 쉽게 물을 수 있을지도 모른다. 어쩌면 단순히 B코의 성격 때문일 수도 있지만.

밤이 깊어 취객들이 저마다 편안한 시간을 즐기고 있었다.

오늘은 필자가 쓴 희곡 〈에피타프 도쿄〉의 재공연에 두 사람을 초대했던 터라 두 사람을 인사시키고 요시야를 처음 만난 이 가게를 함께 찾았다.

"네? 저요?"

요시야는 어리둥절한 표정으로 B코를 봤다.

"네. 말씀은 전부터 많이 들었는데 무슨 일을 하시는지 모른다고 해서요."

B코는 고개를 힘차게 끄덕이면서도 입술이 신경 쓰이는 듯했다. 올리브오일에 덴 것 같다.

"괜찮아?"

필자가 묻자 B코는 얼굴을 찡그렸다.

"이런 작은 화상이 꽤 아프거든. 나중에 물집이 생겨서 보기 흉하고."

B코는 고개를 들었다.

"그래서 무슨 일을 하세요?"

대놓고 묻자 요시야는 주저했다. 그보다 그런 질문을 처음 받는다는 듯한 기묘한 표정으로 머뭇거렸다.

"저기, 흡혈귀입니다."

"네?"

모두가 동시에 되물었다.

"흡혈귀라고요."

요시야는 부끄러워하며 대답했다.

필자는 딴지를 걸었다.

"그야 그 이야기는 여러 번 들었어요. 한 세대 이전의 요시야 씨 이야기라든지, 인간의 정보랑 에너지를 흡수한다는 이야기는. 하지만 현세에서 생활하시려면 뭔가 직업이 있어야 하잖아요."

요시야는 어정쩡한 표정이었다.

"으음. 그럼 애널리스트."

"'그럼'은 또 뭐예요."

"정보 애널리스트. 시장 분석 같은 걸 합니다."

요시야는 내키지 않는다는 어조로 그렇게 대답했다.

필자와 B코는 영 납득할 수 없었지만 요시야가 소극적이라 그 이상 묻지 않았다.

B코가 원래 화제로 돌아갔다.

"1995년은 자원봉사 원년이라고들 하잖아? 한신아와지 대지

진이 발생하면서 일본 사람이 자원봉사 활동에 거부감이 없어졌다는 거지."

"그렇게 말하자면⋯⋯." 필자는 맥주를 마셨다. "2015년도 자원봉사 원년 아냐? 이십 년 늦게 찾아온."

"응, 뭐."

B코가 고개를 끄덕였다.

자원봉사. 그 말이 의미하는 활동은 훌륭하다고 생각하지만 어째선지 도무지 좋아지지 않는 말이다.

"⋯⋯설마 내 생전에 징병제가 부활할 줄이야."

B코는 안경을 만지작거렸다.

"징병제라고 하면 당시 수상이 화낼걸."

"그 사람, 맨날 화를 냈지. 징병제가 아닙니다, 평화 지원을 위한 자원봉사제입니다, 하고."

"나 원 참, 아무 데나 '평화'만 갖다붙이면 되는 줄 아나."

"서른 살 이전에 국방과 세계 평화에 관해 배우는 게 바람직하다니, 그게 어디가 자원봉사란 거야? 강제잖아."

"졸업 전에 체험 입대를 하면 취직에 유리하다는 소문이 돌아서 가야 할 것 같은 분위기가 퍼졌다던데요." 주인이 말했다. "게다가 삼 개월보다 육 개월이 기업에 좋은 인상을 준대요. 그래서 요새 애들은 다들 육 개월을 선택한다나요."

"저런, 학업은 어쩌고?"

"대학도 체험 입대는 봐주나봐요. 요새는 부모도 규칙적인 생활 습관과 예의를 습득할 수 있다고 우리 애도 얼른 갔다 오면 좋겠다고 한대요."

필자와 B코는 어이가 없었다.

"말도 안 돼."

"의미를 알고 하는 말인가?"

"실질적으로 의무화했단 뜻이지."

"게다가 이런 건 또 어김없이 남녀평등이란 말이지. 정치랑 경제랑 다른 데에선 여성의 참여에 둔감했으면서 평화 지원을 위한 자원봉사만은 참 선진적이라니까."

잠깐 침묵이 흘렀다.

"좀 불쾌한 소문을 들었는데……." B코가 떨떠름한 표정을 지었다. "체험 입대는 그렇다 치고, 평화 지원을 위한 자원봉사에 쉰 살 아래만 지원할 수 있잖아?"

"응. 이젠 지원 못 하니까 고마운 일이야."

"나도. 그런데 지금 제일 많이 지원하는 게 고령 니트족이 기생하는 집의 부모래. 부모가 애 이름으로 지원한다는 거야."

"왜?"

"그거 특전이 이거저거 있잖아? 장학금이랑 세금 공제랑."

"응. 꼭 미국 같지. 미군 지원자는 대다수가 대학에 가고 싶은 빈곤층이라고 하니까."

"그런데 이건 별로 잘 알려져 있지 않은데, 평화 지원을 위한 자원봉사에 지원해서 외국에서 이 년 근무하면 연금 수령 자격이 생긴다는 게 있거든."

"그래? 몰랐네."

"홍보를 안 하니까. 그런데 기생하는 자식들 때문에 고민하는 부모들 사이에 그 얘기가 입소문이 난 거야. 그래서 자식이 연금 타게 해주려고 대신 서류 써서 지원하는 모양이지. 그 때문에 의외로 경쟁률이 높아."

"어이구. 그렇게 방에만 틀어박혀 있고 일해본 경험도 없는 사람이 그런다고 나가겠어?"

"못 나가지. 몇 번이고 지원해서 기껏 합격해도 본인이 지원한 게 아니니까 나가질 않아. 그러면서 그런 사람을 이송하는 업자가 출현한 거야."

"뭐? 그게 무슨 소리야? 누가 데리러 온단 말이야?"

"아니, 나라는 관여하지 않아. 그런 수요를 감지한 누군가가 사업이 되겠다고 생각한 거지. 어디서 정보를 입수하는지, 합격하면 그런 업자한테서 편지가 온다나봐. 도와주겠다고. 그래서 부모한테 꽤 큰 액수의 돈을 받고 집에서 반강제적으로 끌어내.

엄청 건장한 사람들이 온다던데."

"그렇구나. 그거 틀림없이 나라에서 정보 유출하는 걸걸."

"서로 모른 척하지만."

"그래서 간단 말이야? 평화 지원을 위한 자원봉사에?"

저도 모르게 '자원봉사'라는 말에 힘이 실렸다.

알다시피 '자원봉사'는 '자발적으로' 하는 것이다.

"응, 간대. 외국에. 그것도 지뢰 제거 같은 걸 하는 모양이던데."

"세상에. 지뢰 제거라니 기술이 없으면 어렵지 않아?"

"글쎄. 아무튼 위험한 곳으로 가게 된대."

"엄청나네."

"그래서 대개 죽는다는 거야. 사고를 당해서."

"사고야?"

"그렇다고 돼 있어. 그래서 여기서부터는 소문인데, 정부는 일 안 하고 세금도 안 내는 인간을 솎아내려고, 일부러 응모 연령을 쉰 살로 높이고 연금 수령 자격을 부여한다는 함정을 판 게 아닐까 하는 거지."

"일 안 하는 인간은 국민이 아니다, 외국으로 데려가서 죽인다?"

"그런 거지."

"보험금 같은 건 나오나?"

"그렇지만 어쨌거나 자원봉사잖아?" B코도 '자원봉사'를 힘주어 말했다. "지원해서 가는 거니까 모두 자기책임이란 각서를 써야 하나봐. 그래서 보상금 같은 건 일절 없대."

"어이구. 평화 지원을 위한 자원봉사란 거 무섭네."

"전 다른 소문을 들었는데요."

요시야가 늘 그러하듯 살짝 불분명한 어조로 끼어들었다.

"다른 소문요?"

B코가 요시야를 봤다.

"방에 틀어박혀 있는 나이 많은 자식을 가진 부모가 연금 수령 자격을 얻기 위해 자식 대신 지원서를 제출한다는 것까지는 똑같습니다만, 제가 들은 건 좀 더 밝은 이야기거든요."

"밝은 이야기라뇨?"

"네. 처음엔 강제로 끌려가서 자살까지 생각했지만 외국에서 근무하는 사이에 인생의 가능성을 발견해서 자주적으로 일하게 됐다고 말입니다. 그래서 무사히 귀국해선 집을 벗어나 취직하게 됐다는 이야기죠."

"어느 쪽 소문이 맞으려나."

"둘 다 맞을 수도 있고, 둘 다 가짜일 수도 있지."

"죽은 사람이 있다는 건 사실일 거야. 그래서 그런 소문이 난

게 아닐까?"

필자와 B코가 마주 보고 있으려니 요시야가 검지를 치켜들었다.

"유일하게 확실한 건 평화 지원을 위한 자원봉사가 그런 부모들에게 희망이 돼주고 있다는 거죠."

"희망인가요."

그런 게 희망이어도 되는 걸까. 뭔가 근본적으로 잘못된 것 같은데.

"……자원봉사." 요시야가 중얼거렸다. "어떤 의미에서 당시 수상은 본래의 의미로 그 말을 쓴 셈이군요."

"본래의 의미라뇨?"

B코가 물었다.

"자원봉사, 그러니까 볼런티어는 남이 하고 싶어하지 않는 일을 나서서 하는 사람이란 의미입니다만, 원래는 지원병이란 의미거든요. 20세기 초반에 스페인 내란이란 게 있었잖아요? 그때 헤밍웨이를 비롯해 전세계에서 시민군 측을 응원하는 이들이 자원입대를 했습니다만, 그때 모여든 병사를 볼런티어라 불렀다더군요. 그러니까 지원병이죠."

"저런, 그랬군요."

"그 수상은 그런 거 몰랐을걸. 그런 생각으로 쓴 말이 아니겠지만 본의 아니게 속마음을 드러낸 셈이지."

"아이러니하네."

B코가 담뱃불을 붙였다.

여느 때처럼 실눈을 뜨고 느긋이 담배를 피웠다.

필자와 요시야는 담배 연기의 행방을 지켜봤다. 두 사람은 담배를 피우지 않는다. 하지만 어딘지 모르게 흡연자를 약간 부러워하는 마음이 있다.

B코가 불현듯 입을 열었다.

"그러고 보니까 오늘 송별회였지? 부도칸에서."

"네. 실은 저희 조카딸이 갔었답니다."

주인이 아무렇지도 않게 말했다.

모두 저도 모르게 그녀를 주목했다.

"저런, 그래요?"

"지원한 거예요?"

그녀는 담담히 맥주를 따랐다.

"네. 이 년 임기로 중동에 간다는군요."

모두 할 말을 잃고 말았다.

지원한 사람을 관계자로 둔 이는 가까운 사람 중에 처음이었다.

부도칸에서 콘서트와 함께 송별회를 하는 것은 이제 봄의 연례 행사였다.

"올해는 우메쿠로였던가요?"

"네. 조카애는 열렬한 팬이라 기뻐하더군요."

아티스트들 사이에서도 송별회 콘서트에 초대되는 것은 명예인 모양이다. 반드시 '세계 평화에 공헌하는 여러분을 자랑스럽게 생각합니다'라고 인사한다던가.

"우메쿠로는 평화 지원을 위한 자원봉사 CM송도 불렀잖아."

"세계 평화를 응원하자! 말이지?"

머릿속에 업템포의 경쾌한 노래가 되살아났다.

웃는 얼굴로 지원병을 모집하는 CM송.

필자는 무의식중에 몇 번씩 고개를 가로젓고 있었다.

모르겠다. 뭔가 모순됐다. 뭔가가 잘못됐다.

아니면 그렇게 생각하는 필자가 잘못된 걸까.

"……봄이군요."

요시야가 나지막이 중얼거리며 유리벽 너머 가게 밖으로 시선을 던졌다.

필자와 B코도 덩달아 밖을 봤다.

그러나 바깥은 캄캄했다. 요시야가 무엇 때문에 봄이라고 느꼈는지 수수께끼였다.

길 가는 사람도 보이지 않고, 바깥을 돌아보는 우리 모습만

유리에 흐릿하게 비쳤다.

봄인가?

필자는 어둡게 비친 우리 모습을 향해 물어봤다.

하지만 끝없이 펼쳐지는 어둠 속에서 봄기운을 느낄 수는 없
었다.

황궁 앞 광장의 회전

그는 그곳에 서 있었다.

완벽하게 관리된 흑송들 사이 잔디밭에, 홀로.

두 팔을 수평으로 벌리고 한껏 힘을 모았다가…… 뛰었다.

공중에서 한 바퀴 돌고 착지했다. 잠깐 휘청했지만 이럭저럭
버텼다.

평온하게 맑은 오후.

이제 곧 장마가 시작되리라는 것을 예감케 하는 약간 후텁지
근한 도쿄 도심이다.

일몰은 늦다. 6시까지 얼마 남지 않았는데 꼭 대낮 같다.

그런 시간에 나는 차 안에 있었다. 밤에 회식 약속이 있어 이

동중이었다.

텅 비었다. 그런 느낌이 들었다. 텅 빈 인간이 차 뒷좌석에 타고 있다. 비닐 거죽만 있는 인형이 여기에 앉아 있는 것 같았다.

온갖 것에 지쳐 있었다. 오랜 세월 쉬지 않고 앞만 보고 달려왔는데, 점점 본업에 부수되는 잡일만 늘고 본업은 도무지 숙달되지 않았다.

뭣보다도 의욕이 나지 않았다. 새카맣게 메워진 다이어리를 보며 앞으로 벌어질 사태에 이미 피로함을 느끼고 있었다. 오늘 저녁 여러 사람이 참석하는 회식도, 가고 나면 그런대로 즐거우리라는 것을 알면서도 벌써부터 피곤했다.

그는 그곳에 서 있었다.

어디를 어떻게 지나, 왜 그곳에 다다랐나. 그게 어떤 충동이 었는지 지금에 와서는 기억나지 않는다.

그저 천천히 날 저물어가는, 발밑에서 올라오는 풀내 속에 있고 싶었다. 이곳에 서 있다는 것을 의식하고 싶었다. 좌우지간 이곳에 있고 싶었다, 이곳에 서 있고 싶었다. 그렇게 강하게 바라는, 그런 자각만이 그를 메우고 있었다.

흥분하고 있었나. 아니면 혼란에 빠져 있었다고 하는 편이 옳을까.

그는 자신의 들뜬 기분을 진정시키려고 눈을 감았다.

눈을 감아도 세상은 환했다. 얇은 눈꺼풀 저편에 압도적으로 밝은 세계가 있었다. 시각 정보를 차단한 순간 왈칵 다른 정보가 밀려들어 본능적인 공포에 그는 저도 모르게 한 발짝 뒤로 물러났다.

멀리서 들려오는 말소리, 자동차 경적 소리, 새가 지저귀는 소리, 바람과 송뢰(이 단어를 그는 알지 못했지만), 초여름의 내음, 풀의 기척.

눈앞의 열린 공간 저편에 싸늘하고 정온한 장소가 있음을 막연히 알 수 있다.

그는 살짝 불안해졌다. 자신이 세계 안에 맨몸으로 노출되어 있는 더없이 무방비한 존재로 느껴졌다.

그리고 그의 내면은 혼돈에 차 있었다. 반짝이는 온갖 색채의 물질이 톡톡 터지고 부딪치고 출렁이고 있었다.

동시에 기묘한 만족감도 느꼈다. 자신은 젊다는 것, 앞으로 더 많은 시간과 공간이 자기 앞에 열리리라는 기대감에 설렜다.

뺨이, 코가, 입술이 따스한 것은 햇빛을 받기 때문만은 아니라는 것을 알아차리고 있었다. 내면에서 샘솟는 흥분에, 기대에 얼굴이 상기된 것임을 알고 있었다.

차 안에서 창 안쪽에 붙은 스티커를 보고 있었다.

음이온이 어쩌고저쩌고하다고 쓰여 있다. 차 안에 공기청정기가 작동중이라는 것을 홍보하고 싶은 것 같다.

그러고 보니 얼마 전 헤어드라이어를 사려다 실패했다.

오랜만에 헤어드라이어를 사려고 가전 판매점에 간 것까지는 좋았는데, 하도 종류가 많은 데다 처음 듣는 외국어를 줄줄이 늘어놓는 기능 설명이 이해되지 않았다. 결국 아무것도 사지 못한 채 주눅이 들어 도망치고 말았다.

행동경제학에 따르면 선택의 여지가 너무 많으면 소비자는 구매 의욕을 잃는다고 하는데 정말인 것 같다.

공기청정기로 여과된 깨끗한 공기가 차 안에 가득 찬 모습을 상상했다.

맑은 공기.

창밖으로 눈길을 주었다.

도쿄 도심의 하늘은 맑다. 기억 속의 어린 시절 경치는 왜 그런지 꺼슬꺼슬한데, 기억의 필터 때문만은 아니고 실제로 공기가 탁했다는 생각이 자꾸만 든다.

당시 천식을 앓는 애가 한 반에 한두 명은 있었다. 얼굴색이 좋지 않고 자세가 약간 구부정하고 어딘지 모르게 겁에 질린 표정이었다.

천식이라는 게 뭔지 이해되지 않아 물어본 적이 있다.

물론 천식 그 자체도 괴롭지만, 뭣보다도 싫은 것은 목구멍에서 색색 소리가 나기 시작해 천식 발작이 일어나겠다고 예감할 때라 한다. 자신이 발작을 일으킬 것 같을 때 어머니가 보이는 불안에 찬 얼굴도 공포였다고 했던가.

얼룩 한 점 없이 깨끗한 차창 밖으로 펼쳐지는 풍경은 이제 디지털 영상 못지않게 명료하다.

건물 사이를 따라 조깅하는 사람이 뒤로 흘러간다.

도쿄는 언제 어디를 가도 조깅하는 사람이 꼭 있다.

마라톤 영상을 볼 때마다 저렇게 많은 사람이 한데 뭉쳐서 달리는데 용케 산소가 없어지지 않는다 싶다. 모두가 일제히 호흡하면 그 구역만 산소가 줄어들지 않을까. 콘서트장 같은 데에서 산소 결핍증이 됐다는 이야기는 들어봤는데, 야외에서는 그런 일이 없나? 어째서 산소 농도는 늘 일정한 걸까. 그렇게 생각하면 이렇게 전세계 모든 사람이 당연하게 호흡하고 있다는 사실이 더욱 신기하게 느껴진다.

그는 활발한 아이가 아니었다.

오히려 늘 혼자 구석에 웅크리고 있었고 세상에 관심이 전혀 없는 듯 보였다. 주위 어른들은 그런 그를 걱정했던 모양이다.

나중에 그런 이야기를 듣고 그는 의외라고 생각했다.

정말로?

자신은 이 세상에 존재한다는 것 자체가 더없이 재미있었고, 그저 그곳에 앉아 있는 것만으로도 어쩐지 모험하는 것 같아서 늘 가슴이 설렜건만.

게다가 결코 세상에 관심이 없었던 게 아니다.

그는 '움직임'에 매료되어 있었다.

세상의 아이들 또는 어른들이 말하는 '움직이는 것', 생명체나 동물, 자동차와 기차 같은 탈것 이야기가 아니다.

그를 매료한 것은, 나뭇가지에서 떨어진 이파리가 좌우로 흔들거리듯 이상한 선을 그리며 낙하하는 '움직임'.

아스팔트 위의 물방울이 극채색으로 빛나며 중력에 의해 서서히 낮은 위치로 이동하는 '움직임'.

혹은 거미줄의 기하학적 무늬가 보여주는 시각적 리듬으로서의 '움직임'.

그런 언뜻 보면 '움직이는' 것 같지 않은 변화를 '움직임'으로 보고 거기에 끝없는 흥미를 가졌다.

그것들을 찬찬히 관찰하는 유아기를 거친 뒤 그는 비로소 주위 사람들이 말하는 '움직이는 것'에 관심을 갖게 됐다.

이 무렵부터 주위에서 그에 관해 '갑자기 호기심이 왕성해졌다'라고 말하기 시작했다.

하지만 이때도 그가 관심을 갖는 대상은 타인과 다소 달랐다.

가령 그는 동네에서 건축업을 하는 친척의 작업장에서 작업을 구경하기를 좋아했다.

바삐 움직이는 사람들. 비계를 설치하고 비계를 오가며 작업하는 사람들. 허리춤에 매단 공구를 배로 받치며 균형을 잡고, 순식간에 가지런한 규격품을 만들어내는 사람들. 그런 사람들의 눈 움직임을, 표정을, 팔 근육의 움직임을, 오르내리는 작업화 바닥을, 질릴 줄도 모르고 몇 시간씩 바라봤다.

뭐가 재미있는데? 누가 물어본 적이 있다.

즐거워.

그는 그렇게만 대답했다.

실제로 그는 다른 애들이 게임 모니터를 넋놓고 쳐다보는 동안 황홀한 표정으로 작업을 구경했다. 이윽고 '돈 안 드는 애', '좀 특이한 애'라는 한마디로 표현되기 시작했다.

'즐거운' 것은 개나 고양이의 움직임을 볼 때도, 스포츠에 대해서도 마찬가지인 듯했다.

하지만 스스로 몸을 '움직이지는' 않았다. 좌우지간 바라보고 구경하면서 황홀해했다.

그런 그의 모습을 주위 어른들은 똑똑히 기억했다.

흡수해야 토해낼 수 있다.

그런 단순한 사실을 통감했다.

작가는 압도적으로 아웃풋이 많을 수밖에 없는 직업인 이상, 토해내려면 늘 계속해서 많은 것을 흡수해야 한다.

작가가 생업인 사람으로서 평소 이것저것 가리지 않고 뭐든 흡수하는 습관은 있지만, 가끔씩 아무것도 흡수하지 못하겠고 아무것도 토해내지 못하겠는 시기가 찾아온다.

지금이 바로 그런 시기였다.

호흡을 하지 않고 있는 것이다.

아무것도 통과시키지 않는다. 움직이지 않는다.

지금 눈앞에 있는 차 창유리와 마찬가지로 완벽하게 차단되어 있다. 바깥 공기가 들어오지 않고 안에서도 나가지 않는다.

스스로를 뒷좌석에 놓인 비닐 인형 같다고 느낀 것은, 바로 이런 상태라 그랬을 것이다.

난감한데, 하고 꼭 남의 일처럼 생각했다.

이전과는 달리 이 상태에서 벗어날 수 있다는 생각이 전혀 들지 않았다.

호흡은커녕 감정조차 꿈쩍도 하지 않았다. 어떤 것을 봐도, 들어도, 중핵 부분이 반응하지 않는 것을 나는 냉정하게 관찰하고 있었다.

그래, 이런 게 무감동해진다는 건가.

그런 생각을 했다.

차는 빌딩가를 지나 도쿄 중심에 접어들려 하고 있었다.

탁 트인 하늘에 불가사의한 부유감이 감돌았다.

이곳에 오면 늘 그렇다.

황궁 주변에는 그곳이 지니는 역사의 무게 같은 것과는 반대로 기묘한 가벼움, 해방감 같은 것이 있다.

나는 온몸의 힘을 빼고 그 가벼움에 편승해보려고 했다. 아무것도 '움직이지 않는' 자신의 알맹이를 황궁 위 맑은 하늘에 띄워보려 했다.

계기가 뭐였는지는 모르겠다.

나중에 와서 생각하기로, 아마 그는 자신이 몸을 움직일 수 있다는 것을 그때까지 몰랐던 게 아닐까.

한결같이 '움직임'에 매료되어 눈에 아로새기는 데에만 집중하느라, 자기 몸으로도 같은 일을 할 수 있다는 것을 몰랐던 것이다.

또는 그 순간을 내내 기다렸던 것일 수도 있다.

자기 안에서 뭔가가 한계까지 차올라 마침내 흘러넘치면서 움직이기 시작하는 순간을.

어느 날 갑자기 그는 '움직이기' 시작했다.

주위 사람들은 어안이 벙벙했다.

그게 너무나도 돌연한 데다 너무나도 과격했기 때문이다.

사람들은 그의 '움직임'을 뭐라 불러야 할지 몰라 당혹했다.

스포츠?

아닌 게 아니라 그는 뭐든 다 했다. 구기 종목도, 체조도, 자전거도.

하지만 그의 '움직임'은 기묘했다. 독특하다고도 할 수 있었다. 해당 운동의 기본이라 간주되는 동작과는 전혀 딴판이고 보다 보면 동요하게 됐다. 왜 그런지 마음이 어지러워졌다.

다들 그 감정을 말로 표현할 수 없었다. 어떤 독특하고 마음을 술렁이게 하는 것이 있는데 그것을 말로 할 수 없었다.

그 자신도 그랬다.

자기 안에 있는 충동을, 열기를, 어떻게 나타내야 할지 알지 못했다.

그러나 마침내 그날이 찾아왔다.

아니, 그 전에 그 사람이 나타났다.

"뭘 보고 있는 거야?"

그 사람은 육교 밑 철책 안에서 농구를 하는 그를 지켜보고 있었다.

우연히 지나가다가 문득 멈춰 서서 구경한 것이다.

시합이 끝나자 그 사람은 그에게 다가와 그렇게 물었다.

그는 어리둥절했다.

그 사람은 다시 물었다.

"무슨 생각을 하면서 공을 던졌어? 뭘 느끼고 있었어?"

그는 머뭇거렸다. 그에게 그런 것을 물은 사람은 그때까지 한 명도 없었기 때문이다.

"'움직임'을. 세계의 '형태'를."

어느새 그는 그렇게 대답했다. 스스로도 자기가 무슨 말을 한 건지 잘 알 수 없었다.

그 사람은 고개를 끄덕였다.

다음에 당신이 보고 싶어하는 것, 당신이 느끼고 있는 것을 보여주지.

그날이 찾아왔다.

그게 오늘 이날이다.

그는 그 사람과 도쿄 문화회관에서 낮 공연을 봤다.

세계 최고라 불리는 한 무용가를 객석에서 봤다.

그는 이해했다.

자신이 그곳에 오르기 위해 지금까지 수많은 '움직임'을 봐왔다는 것을. 그리고 자신도 그 '움직임'이 가능하리라는 것을.

그는 열에 들뜬 듯한 기분으로 극장에서 나왔다. 어느새 그 사람과 헤어져 홀로 정처없이 돌아다녔다. 주위 풍경이 유선형으로 나타났다 사라졌다.

대체 어디를 어떻게 해서 이곳에 왔는지 알 수 없었다.

하지만 어째선지 '여기다' 싶었다. 오늘 이날, 이곳에 홀로 서 있어보고 싶었다.

눈을 감고 세계를 느꼈다.

뺨이, 코가, 입술이 열을 띠었다.

그는 마침내 자세를 취했다.

두 팔을 수평으로 들고 아까 무대에서 본 것과 같은 포즈를 취했다.

차는 황궁 앞에 접어들었다.

관광객들이 줄줄이 빠져나왔다. 카메라를 든 사람들이 깃발을 든 가이드를 따라 줄을 지어 걸어갔다.

조깅하는 사람이 많아졌다.

묵묵히 달리는 이들의 대열과 관광객의 대열이 엇갈려 지나쳤다.

나는 널따란 하늘을 올려다봤다.

푸릇푸릇하고 아름다운, 잘 관리된 잔디밭을 봤다.

멋들어진 흑송 숲과 곳곳에 우뚝 솟은 느티나무의 녹음에 눈을 가늘게 떴다.

그러다 그를 발견했다.

그는 그곳에 서 있었다.

흰 셔츠에 검은 바지.

교복일까.

호리호리하게 마른 소년.

긴장한 것처럼도, 멍하니 있는 것처럼도 보였다.

흑송들 사이, 황궁 바로 정면의 잔디밭에 그는 홀로 서 있었다.

나는 그의 앞을 지나갔다. 얼굴은 보이지 않았지만 많이 젊다는 것만은 알 수 있었다.

그는 두 팔을 수평으로 벌리고 자세를 취했다.

오른팔은 뻗고 왼팔은 가슴 앞에서 구부렸다.

그리고 한껏 힘을 모았다가…… 뛰었다.

공중에서 한 바퀴 돌고 착지했다.

잠깐 몸이 기우뚱했지만 이럭저럭 버텼다.

흑백의 가냘픈 그림자는 순식간에 뒤로 흘러갔다.

나는 창에 얼굴을 갖다대고 시선으로 그의 모습을 좇았지만 금세 보이지 않게 됐다.

하지만 그의 회전은 뇌리에 남았다.

황궁 앞 광장의 딱 한 번뿐인 회전.

한순간, 겨우 몇 초 동안 차 안에서 본 광경.

그러나 내 안의 어떤 것이 '움직인' 것은 분명했다. 그때 봤던 그의 이야기를 상상해본 게 이 작은 스케치다.

보리의 바다에 뜬 우리

기다리고 있다.

그는 기다리고 있었다.

일 년 만에 찾아오는 딸을. 그의 성, 그의 세계인 이 보리 바다에 뜬 성에, 우아하고 고요한 푸른 우리에 그녀를 맞이할 때를 기다리고 있었다.

뜻밖의 사고로부터 일 년. 그녀 안에 무슨 일이 일어났는지 어머니를 통해 듣기는 했지만, 자신의 눈으로 직접 확인하기 전에는 믿을 수 없었다. 어쨌거나 그 딸, 그가 기대를 걸고 있는 '그' 딸이니 말이다. 방심하면 안 된다. 잘 관찰해야 한다.

그는 떠올렸다.

그가 지금 있는 성, 북쪽 벌판의 습지에 뜬, 바위 산에 들러붙은 오래되고 아름다운 건물을.

과거 성지로 숭앙되던 곳에 이윽고 소수의 사람들이 수도원을 세웠다. 그 건물이 돌고 돌아 그의 왕국, 그의 학교가 됐다.

이 학교는 일반적으로는 존재가 알려져 있지 않다. 하지만 특수한 환경 및 특징 때문에 실은 국내외 특정 부유층 사이에 널리 알려져 있다.

이곳은 호화로운 우리다. 그리고 아름다운 우리. 여기서 나가는 것은 불가능하다. 그의 시야로부터 도망치는 것은 불가능하다. 그가 이곳의 주인이다.

우리 안에 있다는 것을 자각하는 이는 있어도 저항하는 이는 많지 않다. 대다수 사람은 그 사실에 익숙해져 받아들인다.

아주 가끔 받아들이지 못하는 사람도 있지만.

그는 교장실 옆에 있는 드레스룸으로 들어갔다.

양복을 꺼내려다가 문득 과거 이곳에서 진심으로 탈주를 시도한 아이들이 있었다는 게 생각났다.

그 애들은 이곳을 거부했다. 우리 안에 있지 않겠다고 저항했다. 여기서 도망치려고 했다.

그래, 그건 언제나 새 사람이 찾아오는, 이제 막 봄을 맞이한 3월.

　　　　　　　　　　　＊

　두 사람은 기대하고 있었다.

　올해 패밀리가 생긴다.

　가나메와 가나에는 그날을 학수고대하고 있었다.

　중고등학교 통합 육 년제인 이 학교는 전교생을 다 합쳐도 학
생이 그리 많지 않다.

　여섯 개 학년을 종적으로 나눠 '패밀리'라는 조를 짜는데, 학
년마다 학생 수가 제각각인 탓에 인원을 다 채우지 못하는 경우
가 종종 있었다. 원래는 남녀 여섯 명씩 모두 열두 명으로 구성
되어야 한다.

　가나메와 가나에가 입학한 해에는 우연히 두 사람의 학년만
다른 학년보다 학생이 많은 바람에 변칙적으로 같은 학년인 둘
이서만 '패밀리'를 만들게 됐다. 두 사람은 남녀 쌍둥이인지라
원래도 당연히 '패밀리'이니 달라진 것은 아무것도 없었다. 결속
력이 강하고 사이가 좋은 쌍둥이지만 아무리 그래도 내내 붙
어 지내다 보면 지겹다.

　다음에 신입생이 들어오면 자동적으로 '패밀리'가 늘어날 것
은 틀림없었다.

　어떤 애일까?

두 사람은 매일 그 이야기를 했다.

남자애? 여자애? 나이는 몇 살?

이 학교는 전학이나 편입도 많은 터라 몇 살짜리 아이가 올지 알 수 없었다. 입학해서 졸업하기까지 육 년을 다 채우는 학생은 절반쯤 될까.

다만 찾아오는 것은 언제나 3월이다. 이유는 모른다. 이 학교에는 기이한 습관이 몇 가지 있는데, 그런 습관들의 이유는 잘 알 수 없다.

바위산에 들러붙듯 지어진 기숙사 학교는 매우 평온하고 안락했지만, 죄수가 된 기분이 드는 것도 사실이었다. 바깥 세상과 연락을 취할 수단은 제한되고 외출도 금지되어 있었다.

두 사람은 종종 방 창문으로 눈 아래 펼쳐진 습지를 몇 시간씩 바라보곤 했다.

자신들이 이곳에 있는 이유.

입 밖에 내어 말하지는 않지만 그에 대해 생각한다는 것은 피차 잘 알고 있었다.

마침내 그날이 찾아왔다.

늘 입는 양복을 빼입은 교장이 한 여자애를 데리고 나타났다.

"타말라다. 오늘부터 너희 패밀리에 들어갈 거다. 사이좋게 지내라."

두 사람 다 교장의 말은 귀에 들어오지도 않았을 것이다.

가나메도 가나에도 그녀가 나타난 순간부터 그녀에게 시선을 빼앗겼다.

타말라.

이곳에 성은 존재하지 않는다. 모두 이름으로만 부른다. 신원을 알 수 없게 성은 비밀로 하는 것이다.

호리호리한 소녀.

살빛은 도자기처럼 하얀데 머리는 칠흑처럼 한없이 검었다. 검은 머리가 느슨하게 웨이브 지며 어깨 밑으로 떨어졌다.

이름으로 보건대 혼혈일 것이다. 어딘지 모르게 남유럽 쪽 향기가 났다.

눈은 짙은 갈색.

왜 그런지 그녀는 잔뜩 긴장하고 있었다.

어두운 것은 아닌데 어딘가 그림자가 드리운 것 같은.

하지만 그 그림자는 그녀의 아름다움을 망가뜨리기는커녕 되레 돋보이게 했다. 수수께끼 같고 단단한 분위기에 무심코 시선을 빼앗겼다.

타말라는 "안녕하세요"라고 낮은 목소리로 중얼거리며 가볍게 머리를 숙였다.

가나메와 가나에가 저도 모르게 환영의 뜻을 표하려고 다가가려 한 순간.

공기에 번개 같은 게 번득했다.

타말라는 얼어붙은 듯한 표정으로 재빨리 뒷걸음쳤다.

두 사람은 놀라 반사적으로 멈춰 섰다.

"맞다, 조심해주겠니." 교장이 슬그머니 덧붙였다. "타말라는 다른 사람하고 접촉하지 못해. 접촉 공포증이라고나 할까. 그 점을 이해해주렴."

가나메와 가나에는 얼핏 마주 봤다.

타말라는 눈을 내리깔고 "그럼 전 방에 가볼게요"라고 혼잣말처럼 중얼거렸다.

"어느 거 같아?"

둘만 남자 가나메가 물었다.

"어느 거라니?"

가나에가 되물었다.

"왜, 그거 있잖아. 요람인가, 훈련소인가, 무덤인가."

"으음, 글쎄. 어쩌면 또 하나일지도."

"또 하나?"

"요양 말이야."

"아, 그러네."

이 학교의 특수한 점은 다양한 배경을 가진 아이들이 모인다는 것이다. 각자의 사정에 맞춰 개별적으로 프로그램을 짠다.

'요람'은 말 그대로 험난한 세상과 접촉하지 않고 온실 같은 환경에서 지내기 위해 오는 아이. '훈련소'는 음악, 스포츠 등 특화된 활동을 하는 아이. 그리고 '무덤'은 모종의 사정으로 부모와 함께 살 수 없는, 또는 존재조차 세상에 비밀로 해야 하는 아이이다.

학생이 편입으로 들어오면 '넌 어느 건데?'라고 묻는 게 전통이었다.

그런데 하나가 더 있다는 소문이 돌았다.

학생들에게는 존재가 알려져 있지 않고 누구도 발을 들여놓은 적이 없지만, 이 학교 어딘가에 병동 같은 게 있어서 정신 질환이 있거나 요양을 필요로 하는 아이가 그곳에서 지낸다는 소문이다.

"그렇지만 요양이면 처음부터 거기로 갈 거 아냐?"

"그건 그러네." 가나에는 어깨를 으쓱하고는 생각난 것처럼 한숨을 쉬었다. "되게 이쁘더라. 나이는 몇 살이려나? 우리보다 위일까?"

"어른스러웠지. 하지만 유럽 사람 핏줄이면 어른스럽게 보이니까 혹시 밑일지도."

"그러게. 차분히 이야기해보고 싶다."

가나에의 황홀한 표정을 보고 가나메는 뜻밖이라 생각했다. 그녀의 눈빛에서 처음 보는 정열 같은 것을 감지했기 때문이다. 그 순간 기묘한 아픔과 불길한 예감 같은 것을 느꼈다는 사실을 그는 금세 잊어버렸다.

한 학년 위 수업을 받기 시작한 것을 보고 타말라는 한 살 위라는 것을 알았다.

학교가 끝나면 일단 패밀리가 함께 모이는 습관이 있었다. 타말라는 얼굴만 내밀고 바로 미술실로 가버렸다.

"그림 그리는 거야?"

가나에가 묻자 "응"이라고 짤막하게 대답했다.

말수가 적은 타말라는 말할 때는 늘 고개를 숙이고 최소한의 말만 했다.

접촉 공포증이라기보다 대인 공포증인가? 하고 가나메는 생각했다.

"구경하러 가도 돼?"

가나에가 다시 묻자 타말라는 순간 당황한 표정을 지었지만 "응"이라고 대답하며 눈을 내리깔았다.

둘이 타말라를 따라가니 미술실 안에 커다란 캔버스가 놓여 있었다.

"와, 이게 그거야?"

가나에가 환성을 질렀다.

가로 1미터 세로 2미터가 좀 안 될 것 같은 큰 캔버스에 미완성 그림이 있었다. 명백히 취미로 그리는 수준이 아니었다.

"굉장하다. '훈련소'네."

가나에가 그렇게 외치자 타말라는 의아한 표정을 지었다.

"훈련소?"

타말라의 물음에 가나에는 황급히 입을 다물었다.

"아, 응, 아무것도 아냐. 그림 참 멋지다. 타말라, 되게 재능 있네."

가나에는 찬찬히 그림을 살펴봤다.

확실히 '훈련소'일지도 모르겠다.

가나메는 가나에와 나란히 서서 그림을 쳐다봤다.

대단히 생생하고 격정적인 그림이었다. 보다 보면 가슴이 술렁였다. 뭘까. 이 불안감은.

타말라는 가나에가 진심으로 감탄하는 것을 느꼈는지 기쁜 듯 생긋 웃었다.

처음으로 보는 그녀의 웃는 얼굴은 구름 사이로 빛이 비쳐드는 것처럼 아름다워 가나에와 가나메는 넋을 놓고 바라봤다.

그러나 타말라는 웃음을 보인 것을 후회하듯 표정을 바로잡고 그림물감을 준비하기 시작했다.

멍하니 타말라를 쳐다보는 가나에를 보고 가나메는 마음이 아슬아슬해졌다.

사랑. 가나에는 타말라에게 연애 감정을 느끼는 것이다.

차분하고 말수가 적고 접촉 공포증이 있는 아름다운 타말라.

하지만 내면은 이 그림 같은 게 아닐까? 그녀에게 뭔가 비밀이 있는 게 아닐까?

그림을 그리기 시작한 타말라를 가나에는 조금 뒤로 물러나 꼼짝 않고 바라봤다. 그런 가나에를 가나메가 보고 있었다.

뭔가 불길한 예감이 들었다. 기분 탓이 아니면 좋을 텐데.

매주 교장실에서 다과 모임이 열린다.

초대받는 학생은 그때그때 다르다.

가나에와 가나메도 여러 번 초대받았는데 그날은 타말라도 초대를 받았다. 타말라는 내키지 않는 듯했지만 마지못해 왔다. 그림에 집중하고 싶은 것일지도 모르겠다.

교장실은 차분하고 중후한 분위기의 방이다.

교장은 언제나 자신이 넘치고 매력적이었다. 그를 동경하는 학생도 많았다. 여학생만이 아니라 남학생중에도 열렬한 팬이 있었다. '친위대'를 자칭하는 학생까지 있었다.

가나에와 가나메도 교장의 매력을 인정하기는 했지만 친위대처럼 무조건적으로 숭배하는 데에는 저항감이 있었다. 그에게는 어딘지 모르게 경계심을 불러일으키는 부분이 있었다.

그날 초대객은 여섯 명.

모임을 주관하는 교장의 흠잡을 데 없는 수완에 대화가 활기를 띠었다.

타말라만은 구석 자리에서 여전히 입을 다물고 있었지만.

"어때, 타말라? 학교 생활엔 좀 익숙해졌어?"

교장의 말에 타말라는 흠칫 놀란 듯 고개를 들더니 "네" 하고 짤막하게 대답했다. 그리고 그 이상 이야기하기를 거부라도 하듯 찻잔을 들어 입으로 가져갔다.

어라?

가나메는 타말라의 잔만 다른 사람들 것과 다르다는 것을 깨달았다.

다른 사람들은 같은 세트의 파란 꽃무늬 찻잔인데, 타말라 것만 보라색 꽃무늬였다.

딱히 어떻다 할 일도 아닌데 어쩐지 그게 마음에 걸렸다.

얼마 동안 조용히 홍차를 마시던 타말라는 이윽고 흠칫 놀라

고개를 들어 교장을 봤다.

교장도 타말라를 보고 있었다.

타말라는 얼굴이 파랗게 질려 시선을 피했다.

"왜, 타말라?"

그 모습을 보고 가나에가 물었다.

"아무것도 아냐. 선생님, 전 몸이 좀 좋지 않아서 이만 실례할
게요."

타말라는 서둘러 일어섰다.

"괜찮아? 나중에 어떤지 보러 가마."

교장은 타말라에게 시선을 고정한 채 그렇게 말했다.

"괜찮아요."

타말라는 낮게 중얼거리고 도망치듯 나갔다.

"쟤 뭐지?"

"이상한 애네."

초대객들이 수군거렸다.

가나메는 테이블 위에 남아 있는 보라색 꽃무늬 찻잔을 응시
했다.

그 뒤로도 타말라는 종종 다과 모임에 초대되는 모양이었다.

어딘지 모르게 이상한 모습이었다.

내키지 않는 듯 갔다가 새파랗게 질린 얼굴로 돌아오는 일이 매번 반복됐다.

"괜찮아, 타말라?"

가나에가 걱정해서 보러 가면 "괜찮아, 아무렇지도 않아"라고 대답은 하는데 몸져누워 일어나지 못했다.

타말라는 2인실을 혼자 썼다.

가나에와 같이 보러 가면 늘 창문을 활짝 열어두고 있었다.

"춥지 않아?"

가나에가 창문을 닫으려고 하면 "괜찮아, 그냥 둬"라고 했다.

"창문이 열려 있지 않으면 불안하거든."

타말라는 그렇게 중얼거리고 "누워 있으면 나아"라며 두 사람에게 나갈 것을 재촉했다.

가나메와 가나에는 마주 보고는 방에서 나왔다.

그런 일을 네다섯 차례 되풀이했을 때 가나에가 복도에서 중얼거렸다.

"이상해. 왜 맨날 저렇게 되는 거지? 다과 모임에 갈 때마다 저렇잖아."

가나에의 눈에는 의심과 노여움이 서려 있었다.

"이유가 뭘 거 같아?"

가나메는 물었다.

하지만 가나에가 어렴풋이 자신과 같은 생각을 하고 있다는 것은 이미 눈치채고 있었다.

"알면서 물어?" 가나에가 답답하다는 표정으로 가나메를 봤다. "소문은 들어봤지만 사실이었구나."

동생이 어두운 목소리로 중얼거리는 것을 가나메도 어두운 기분으로 들었다.

"뭔가 약을 타는 거야."

"차에?"

"응. 타말라만 찻잔이 달랐잖아."

가나에도 알아차렸던 것이다.

"응. 다른 사람들은 다 파란색인데 타말라 것만 보라색이었지."

"저번에 타말라랑 같이 초대받은 애한테 부탁했거든. 타말라 찻잔만 보라색인지 아닌지 봐달라고."

가나메는 놀라 동생을 봤다. 전부터 이상하게 생각했다는 뜻이다.

"그랬더니?"

"역시 그랬대. 타말라만 보라색 찻잔이었대. 잔에 먼저 독을 발라놓고 차를 따르는 걸지도 몰라. 타말라가 마실 잔을 구별하려고 표시하는 거야."

"그럴 리가."

가나메는 고개를 저었지만 부정할 수는 없었다.

"들은 적은 있었어." 가나에는 노여움 어린 목소리로 내뱉듯 말했다. "여기를 애들 진짜 '무덤'으로 삼고 싶은 부모가 있고 교장이 거기에 가담한다는 이야기. 다과 모임을 여는 습관은 쉽게 독을 먹일 수 있기 때문이고, 정서 불안정인 애한테는 진정제 같은 것도 몰래 먹이고 있다. 그리고……." 가나에의 목소리가 떨렸다. "가끔, 정말로…… 정말로 독을 먹여서 병들게 해서 죽게 하는 경우도 있다고."

가나메는 저도 모르게 고개를 돌리고 말았다.

그래, 소문은 들은 적 있었다. 이 학교의 특수한 환경. 터무니없이 비싼 학비. 그건 학교 내에서 일어나는 불법 행위에 대한 보수라고.

"그럼……." 가나메는 용기를 내서 가나에를 봤다. "타말라는 왜 다과 모임에 가는 걸까. 타말라, 처음 갔을 때 차에 뭔가 들었다는 것을 눈치챘어. 물론 교장도 그걸 알아차렸고. 그런데도 계속 타말라를 다과 모임에 초대하고 타말라도 가. 이유가 뭐지?"

가나메가 이상하게 생각한 것은 차에 뭔가 넣었다는 사실보다 그 점이었다.

가나에는 얼마 동안 침묵했다.

그러더니 얼굴을 쳐들고 가나메를 매섭게 노려봤다.

"모르겠어. 하지만 이대로 그냥 둘 순 없어."

가나메는 동생의 눈빛에 압도됐다.

"어쩌려고?"

"이대로 가면 타말라가 죽을 거야." 가나에는 눈물을 글썽이며 손으로 입을 막았다. "안 돼, 그런 건 싫어. 대체 어느 부모가 그런 멋진 애를 죽이려는 거지? 믿을 수 없어. 교장 선생님도 너무해. 그런 일을 받아들이다니."

가나메는 경악했다.

동생이 이렇게까지 타말라에게 반했을 줄이야.

또다시 가슴이 기묘하게 욱신거렸다.

그는 자신이 타말라를 질투한다는 것을 깨닫고 그에 대해서도 놀랐다.

"여기는 그 인간이 지배하는 곳이야."

가슴이 따끔따끔했다.

가나메는 목소리를 낮추었다.

"실질적으로 우리는 그 인간한테 거역할 수 없어."

"풀어줄 거야."

가나에가 중얼거렸다.

"뭐?"

"타말라한테 뭔가 교장한테 거역할 수 없는 사정이 있는 거야. 그럼 여기를 벗어나게 하는 수밖에 없잖아."

"어떻게?"

"생각해볼 거야. 가나메, 도와줄 거지?"

동생의 불타는 듯한 격정 어린 눈동자를 바라보며 가나메는 고개를 끄덕이는 것 외에 달리 할 수 있는 게 없었다.

"……도망친다고?"

오늘도 창이 열려 있었다.

타말라는 침대에 일어나 앉아 멍하니 중얼거렸다.

가나에는 가나메와 함께 이번에도 다과 모임에 다녀와 몸져 누운 타말라의 방에 쳐들어가 계획을 털어놨다. 대조大潮 때 습지를 보트로 건넌다는 것이다. 날 밝기 전에 출발하면 간선도로까지 몇 시간이면 갈 수 있다.

망연히 듣던 타말라는 힘없이 고개를 흔들었다.

"불가능해. 그럴 순 없어."

"왜? 이대로 가다간 죽을 거야."

타말라는 말없이 고개만 계속 흔들었다.

"나도 같이 갈게."

가나에는 그렇게 선언했다.

"뭐?"

타말라와 가나메가 동시에 소리쳤다.

"가나에, 진심으로 하는 소리야?" 가나메는 저도 모르게 가나에에게 따졌다. "타말라를 데려다준 다음에 돌아오는 거 아니었어?"

가나에는 고개를 흔들었다.

"아냐, 나도 갈 거야. 안 그러면 타말라는 도망가지 않을걸. 타말라, 부탁이야, 제발 나랑 같이 도망가자."

가나에는 애원했다.

타말라는 기묘한 것을 보는 시선으로 가나에를 응시했다.

"널 잃고 싶지 않아. 네가 살아있으면 좋겠어."

가나에의 눈에 눈물이 맺혔다.

타말라가 놀라 눈을 크게 떴다.

이윽고 그녀는 몸을 부들부들 떨기 시작했다.

얼굴이 일그러지고 두 눈에서 눈물이 뚝뚝 떨어졌다.

그녀가 감정을 드러낸 것은 처음이었다.

타말라는 쥐어짜듯 말했다.

"기뻐. 기뻐, 가나에. 하지만 무리야. 네 마음만 받을게."

"어째서? 이유가 뭐야?"

"안 돼. 난 안 돼."

가나에가 저도 모르게 어깨를 잡으려 하자 타말라가 몸을 슥 뺐다.

"건드리지 마!"

가나에가 움찔했다.

"날 내버려둬! 둘 다 나가!" 타말라는 두 손으로 얼굴을 가리며 부르짖었다. "제발 나가줘!"

그녀의 외침을 등 뒤로 들으며 두 사람은 방에서 나올 수밖에 없었다.

"대체 무슨 사정이 있는 걸까. 그렇게까지 해서 여기 남아서 다과 모임에 가는 건 왜지? 혹시 자살하고 싶은 마음이라도 있는 걸까?"

가나메는 방 안을 왔다 갔다 했다.

가나에는 의기소침해 의자에 주저앉아 있었다.

"가나에, 너 그거 진심으로 한 말이야? 진짜 같이 갈 생각이었어?"

가나메가 물어도 대답하지 않았다. 멀거니 바닥만 응시했다.

성이 나서 대답을 기다렸지만 그녀는 계속 무시했다.

"맘대로 해."

가나메는 거칠게 방에서 나왔다.

그 뒤로 두 사람 사이에 타말라의 도망 계획이 화제에 오르는 일은 없어졌다.

그래도 하루하루가 지나갔다.

타말라는 계속 다과 모임에 나갔다. 그런데 요새는 돌아와서 앓아눕지 않게 됐다. 차를 마시지 않는 것 같았다.

가나에는 매일 미술실로 가서 그림을 그리는 타말라를 먼발치에서 바라보는 모양이었다. 가나메는 막연히 동생과 함께 타말라를 만나러 가기를 그만뒀다. 이제 도망치자는 이야기는 하지 않고 아무 일 없었던 것처럼 잡담만 주고받는 듯했다.

타말라가 지금 날 그려주고 있어.

온화한 표정으로 그렇게 말하는 가나에를 보고 가나메는 내심 안도했다.

포기했나 보지.

스스로에게 그렇게 타일렀다.

타말라도 이제 차를 마시지 않는 것 같다. 살아있다. 가나에가 한 말의 영향일 것이다. 그렇다면 도망칠 필요도 없다.

가나에는 그렇게 생각하며 자신을 진정시키려 했다.

폭죽이 터지고 있다.

습지 위에 폭죽이 터지고 있다.

색색의 커다란 꽃이 곳곳에 피어났다.

그것을 타말라와 가나에가 올려다보고 있다.

와아, 예쁘다.

굉장하네.

두 사람은 얼굴을 빛내며 불꽃을 가리키며 즐겁게 웃고 있다. 웃고 있다.

가나메는 눈을 떴다.

쿵쿵쿵쿵.

불꽃놀이?

방은 캄캄했다. 창문을 보니 아직 어둑어둑했다.

불꽃놀이가 아니라 누가 문을 두드린다는 것을 깨달았다.

"가나메! 일어나라, 가나메!"

목소리를 듣고 교장이 방문을 노크한다는 것을 알았다.

황급히 일어나 잠이 덜 깬 채 문을 열었다.

눈앞에 교장이 더없이 굳은 표정으로 서 있었다.

찬 기운이 느껴지는 것은 얼마 전까지 밖에 있었기 때문인 것 같았다.

가나메는 잠이 확 깼다.

무슨 일이 벌어진 거지?

"옷 갈아입고 나와라."

교장은 그렇게 말하고는 돌아서서 걷기 시작했다.

가나메는 서둘러 교복으로 갈아입고 뒤를 따랐다.

공기는 차고 주위는 고요했다.

교장은 한 번도 돌아보지 않고 성큼성큼 비탈을 내려갔다.

이 앞에 아무것도 없을 텐데. 습지가 있을 뿐.

갑자기 머릿속에 번득 떠오른 말이 있었다.

대조.

가나메는 걸음을 빨리했다. 심장이 빠른 속도로 뛰는 것을 알수 있었다.

설마, 그럴 리가. 설마 두 사람이 도망쳤나?

이윽고 세찬 울음소리가 들려왔다. 여자애 울음소리.

가나메는 움찔했다.

누구 목소리지? 가나에인가?

그때 보였다.

땅에 누운 소녀와 그 소녀에게 매달리는 소녀.

"가나에?"

가나메는 비명을 지르며 달려갔다.

좁은 물가의 절벽 아래, 눈에 띄지 않게 떠 있는 보트가 어렴풋이 흔들렸다.

도망치려 한 것이다.

대조.

타말라. 울고 있다.

누워 있는 소녀는 가나에다.

어째서? 무슨 일이 있었던 거지?

"가나에?"

머릿속에 말이 맴돌았다.

하지만 동생은 누운 채 꼼짝도 하지 않았다. 그가 부르는 소리에도 답하지 않았다.

죽었다.

가나에가 죽었다.

타말라는 가나에에게 매달려 몸을 비틀며 울부짖고 있었다.

저래도 괜찮은 건가? 접촉 공포증 아니었나?

멍하니 그런 생각을 했다.

"왜죠?"

가나메는 그렇게 중얼거리며 교장을 망연히 쳐다봤다.

"타말라가 나한테 와서 도움을 청했다. 가나에가 쓰러졌다면서."

교장은 두 소녀에게 시선을 둔 채 나지막이 중얼거렸다.

"가나에! 날 용서해줘, 가나에!"

타말라는 하늘을 우러르며 울부짖었다.

용서하라고? 뭘 용서하라는 거지?

가나메는 동생의 얼굴을 멀거니 바라봤다.

기묘한 표정. 놀란 것도 같고, 웃는 것도 같고, 황홀해하는 것
도 같은.

무슨 표정이지?

"심장발작을 일으킨 것 같다. 외상은 없어."

교장이 중얼거렸다.

"말도 안 돼요. 가나에는 지병 같은 거 없었는데요."

가나메는 떼쓰듯 도리질쳤다.

믿기지 않았다. 받아들여지지 않았다.

가슴의 아픔. 타말라에 대한 질투.

온갖 감정이 몸속에 회오리쳤다.

"가나메, 나중에 교장실로 와라."

그 목소리만 머릿속에 새겨졌다.

달캉. 보라색 꽃무늬 찻잔이 눈앞에 놓였다.

가나메는 느릿느릿 교장의 얼굴을 올려다봤다.

"너희가 눈치챈 것처럼 타말라가 마시는 홍차엔 독이 들어 있

었다."

가나메는 교장의 입이 움직이는 것을 멍하니 바라봤다.

이제 그런 것은 아무래도 상관없었다.

가나에가 죽었다. 가나에가 죽었다. 동생이 죽었다.

그 사실만이 머릿속을 맴돌았다.

"가나메, 잘 들어."

매서운 목소리였다.

"아닌 게 아니라 타말라만 찻잔을 구별해서 차에 독을 넣었어. 왜냐하면 타말라에게 그게 필요했기 때문이다."

순간 무슨 말을 들었는지 알 수 없었다.

가나메는 무의식중에 "네?" 하고 되물었다.

교장은 테이블에 걸터앉아 가나메를 빤히 쳐다봤다.

"보르자 가家에 대해 들어봤느냐?"

"보르자 가요?"

갑작스러운 이야기에 가나메는 어리둥절했다.

어째서 뜬금없이 보르자 가가 나오지?

"15세기 이탈리아의 명문가이지. 마키아벨리즘에 영향을 미쳤다고도 하는, 기괴한 권모술수로 유명한 일족이야. 일설에 따르면 정적을 잇따라 암살했다고 하지. 어떻게 해서?"

교장은 찻잔에 시선을 주었다.

"독이다."

가나메도 덩달아 찻잔을 봤다.

"보르자 가는 독약을 다루는 데 능했다고 한다. 독살도 꽤 많이 한 모양이고. 독을 다루는 데 능한 일족은 독물 연구도 했다고 하더군. 이것도 전설에 불과하다만, 어렸을 때부터 조금씩 독을 섭취해서 내성이 생기게 했다는 이야기도 있어."

교장이 무슨 말을 하는 건지 잘 알 수 없었다.

독에 대한 토막 상식이라도 알려주겠다는 건가?

"보르자 가만이 아니야. 독물을 다루는 데 능한 일족은 똑같은 생각을 하는 모양이지. 실제로 어렸을 때부터 독물을 접할 일도 많고, 유전적으로 내성이 있을지도 몰라. 개중엔 의도적으로 아이의 내성을 길러서 암살자로 키우는 경우도 있었다고 한다. 그 결과 내성이 생기는 정도가 아니라 호흡이며 체액이 독성을 띠는 사람도 있고."

호흡. 체액.

뭔가 잊은 게 있는 것 같았다.

"타말라가 그렇다."

열린 창문.

몸을 홱 빼는 타말라.

접촉 공포증.

"설마……."

가나메가 겁에 질린 눈으로 보자 교장은 고개를 끄덕였다.

"그래. 타말라의 체액엔 사람을 죽일 수 있는 독성이 있어. 호흡도 위험하고. 닫힌 공간에 같이 있으면 그것만으로도 영향을 받는다."

저리 가.

눈을 내리깔고 불분명하게 중얼거리는 타말라.

말수가 적은 소녀.

웃지 않는 소녀.

"그림을 그리기 시작한 것도 캔버스 앞에 앉아 있으면 다른 사람하고 얼굴을 맞댈 필요가 없기 때문이야. 타말라가 내쉬는 숨에 접촉할 염려도 없지. 게다가 큰 캔버스에 그림을 그리고 있으면 다른 사람들은 자연히 뒤로 물러나 멀리서 그림을 보게 돼. 곁에 오지 않지. 그게 이유였을 거다. 재능이 있었던 것도 사실이다만."

생생하고 격정적인 그림.

그녀의 내면에 감춰져 있었던 것.

"그 때문에 타말라는 이미 독을 섭취하는 게 자연스러운 상태였어. 학교 내에서 타말라가 독을 갖고 있게 할 순 없으니 내가 관리하면서 가끔씩 섭취하게 했다."

"하지만 그럼 어째서 타말라는 다과 모임에 갔다 오면 늘 몸이 안 좋아졌던 거죠?"

가나메가 묻자 교장은 가볍게 한숨을 쉬었다.

"정신적인 거야. 타말라는 자기 운명을 저주하고 있었어. 정기적으로 독을 섭취해야 한다는 상황에 거센 자기혐오감에 빠져 있었어. 그 때문에 다과 모임에 가서 차를 마시면 마음이 우울하고 괴로워졌어. 계속 그게 되풀이된 거다. 알고는 있었다만 섭취하지 않아도 괴로워진다는 것도 알고 있었으니 말이다. 어쩔 수 없었어."

"하지만 최근엔 차를 안 마셨는데요? 그렇게 괴로워하는 것 같지 않았어요."

"가나에 때문이다."

"가나에?"

"타말라는 친구를 사귀지 않으려고 했어. 접촉하면 상대방한테 해가 되니까. 그래서 접촉 공포증이라는 구실로 말수를 줄이고 되도록 타인에게 접근하지 않으려고 했어. 하지만 가나에는 타말라를 사랑했어. 타말라의 생존을 바랐어. 그리고 타말라도 가나에를 사랑하게 됐어."

널 잃고 싶지 않아.

두 사람 사이에 오간 시선이 생각났다.

얼굴을 일그러뜨린 타말라.

사랑에 빠진 두 사람.

"타말라는 독성을 제거하려고 한 게 틀림없어. 이제 와서 손 쓸 방법이 없을지도 모르지만 섭취만 안 하면 약해질 수도 있다고 생각했겠지. 그리고 가나에는 포기하지 않았어. 타말라가 독을 먹지 않게 된 걸, 살기로 한 거라고 생각했어. 어떤 의미에선 사실이었다만, 가나에는 그걸 타말라도 도망칠 마음이 든 거라고 받아들였을 테지."

"그래서 대조 때……."

"그래, 도망치기로 한 거다."

"그럼 가나에가 죽은 건……."

그 장면이 보이는 듯했다.

드디어 도망치게 된 순간, 두 사람은 더는 참지 못하게 된 것이다.

열렬한 입맞춤을 한 것이다.

타말라의 숨을 들이쉬고, 타말라의 침을 마셨다. 그 때문에 가나에는…….

가나메는 어깨를 부르르 떨며 자신의 상상을 떨쳐냈다.

타말라는 가나에에게 사실대로 말했을까. 자신의 저주받은 몸에 관해.

고백할 시간도 없을 만큼 충동에 휩쓸렸을까.

아니면 가나에는 알고 있었을까. 알면서도 죽음의 키스를 받아들였을까.

죽은 가나에의 기묘한 표정이 떠올랐다.

알고 있었을지도 모른다. 알면서 황홀경에 빠져 죽어갔을지도 모른다. 그렇게 생각하고 싶어지는 표정이었다.

가나메는 눈을 훔쳤다.

"한 번 더 가나에를 만나게 해주세요. 작별 인사를 하게 해주세요. 여기서 죽은 학생은 '전학'으로 처리된다는 건 알지만, 마지막으로 한 번 더 만나고 싶습니다."

"그건 안 돼." 교장은 고개를 흔들었다. "가나에는 실패했다."

그 말이 가나메의 어깨를 무겁게 짓눌렀다.

실패.

"난 너희 둘을 시험하고 있었다. 타말라의 진상을 간파할 수 있는지. 타말라가 스스로 진실을 밝히게 할 수 있는지."

가나메는 숨을 멈추고 교장의 얼굴을 응시했다.

"시험했다고요? 우리 둘을?"

교장의 얼굴은 무표정했다.

"그래. 일부러 타말라와 같이 다과 모임에 불렀어. 타말라의 찻잔만 다르다는 걸 금세 알아차린 것까지는 좋다만, 단순한 독이라고 생각한 건 너무 경솔했구나. 타말라의 언동을 주의 깊게 관찰했다면 힌트는 곳곳에 있었건만."

힌트. 언동.

가나메는 침을 꿀꺽 삼켰다.

우리는 시험당하고 있었다. 빤히 다 알고 있었다.

"가나에가 진상을 알고 있었는지 아닌지는 알 수 없다만, 알면서 충동에 휩쓸렸다면 실격이다. 몰랐다고 해도 바로 이변을 알아차렸어야 했고."

실격.

동생의 표정. 웃는 것도 같고, 놀란 것도 같은.

"난 어때요, 아버지?" 가나메는 조용히 중얼거렸다. "나도 실격이에요?"

우리는 싸우고 있다.

내내 싸우고 있다. 피를 나눈 형제들과, 누가 아버지 뒤를 이을지를 두고.

교장은 보일 듯 말 듯 고개를 갸웃했다.

"유보다. 적어도 넌 뭔가 있다는 걸 알아차리고 있었어. 다음에 또 실패하면 그땐 용서하지 않는다."

가나메는 살짝 한숨을 쉬었다.

"자, 방으로 돌아가라."

교장은 손을 흔들었다.

가나메는 교장의 손을 올려다봤다.

"타말라는 어떻게 되죠?"

"충격이 심하니 의료동으로 옮길 거다. 진정되기까지 시간이 걸리겠지. 경우에 따라선 가나에 일을 잊게 해야 할지도 모르겠구나."

"그럼 타말라의 마지막 그림을 가져도 돼요?"

교장은 뜻밖이라는 표정을 지었다.

"너도 그 애를 좋아한 거냐?"

가나메는 천천히 고개를 흔들었다.

"마지막 그림은 가나에의 초상화였거든요."

*

그 뒤로 세월이 얼마나 흘렀을까.

그는 회상에서 깨어났다.

그래, 확실히 나는 실패하지 않았다. 그 뒤로 계속해서 아버지의 과제를 완수하고, 형제들과 싸워, 이 교장실을, 이 성을, 이 왕국을 물려받았다.

얼핏 침실 쪽을 돌아봤다.

타말라가 그린 가나에의 초상화가 걸린 방.

아버지는 타말라의 그림을 갖도록 허락해주었다. 입 밖에 내어 말하지는 않았지만, 경쟁 상대였다고는 해도 가까웠던 동생을 잃은 것을 측은하게 생각했는지도 모른다.

아니면 단순히 타말라가 가나에를 기억하지 못하게 하기 위해서였을 수도 있지만.

교장은 들고 있던 양복을 도로 걸었다.

그리고 반대쪽 벽으로 시선을 돌렸다.

그곳에는 여자 옷이 주르르 걸려 있었다.

동생의 상실로 입은 타격은 컸다. 그는 여러 해 동안 그 사실을 받아들이지 못했다. 그 무렵부터 그는 동생이 남긴 옷을 가끔씩 입어보기 시작했다. 동생이 되어 시간을 보내며 동생과 대화를 계속했다.

그 습관은 지금도 이어지고 있었다. 이제 대화는 하지 않지만 자기 안에 아직 동생이 있다는 게 느껴졌다.

"역시 오늘은 이쪽을 입어볼까."

교장은 여자 옷 앞에 서서 회색 타이트스커트를 꺼내들고 익숙한 동작으로 일 년 만에 만나는 딸을 맞이할 채비를 시작했다.

풍경

風磬

1.

이건 오래 알고 지낸 어느 미용사분한테 들은 이야기입니다.

잘 생각해보면 미용사와 손님의 관계는 참 이상하죠. 생판 모르는 사람이면서 몸에 접촉하는 건 의사나 미용사 정도입니다. 일종의 독특한 신뢰관계가 있으니까, 연예인이 헤어 메이크업 담당자한테 의존하는 것도 이해가 된단 말이죠.

이 이야기를 해준 미용사분은 벌써 이십 년쯤 제 머리를 맡아주고 있습니다.

지금까지 마음에 들었던 미용사는 한두 명 될까요.

첫 번째 분 이래로 지금 분에게 정착하기까지 여러 명 거쳤지만, 결국 그 사람들은 얼굴도 이름도 까맣게 잊어버렸습니다.

애당초 이 이야기의 발단은 그 첫 번째 미용사분인데요.

U씨는 학창 시절에 다녔던 미용실의 담당자인데, 내 또래의 남자였어요. 커트를 잘하고, 호리호리하고 체격이 작은 사람이었죠.

이제는 미용실에 남자도 많이 오지만 당시만 해도 미용실 손님이라고 하면 여자였어요. 그런데 U씨를 찾는 손님은 독특하게 죄 남자들인 겁니다. 그리고 외국인. 그 미용실은 유학생도 많은 대학가에 있었으니까 그것 자체는 이상할 게 없었지만, 차례를 기다리는 손님을 딱 보면 U씨가 담당하는 사람을 바로 알아볼 수 있었답니다.

몸집이 작은 U씨가 거구의 미국인 머리를 자르는 모습을 보면 어째선지 전래동화 〈잭과 콩나무〉 생각이 났죠.

그런 U씨에게 들은 이야기로 강하게 인상에 남아 있는 게 있습니다.

무슨 계기로 그런 이야기를 하게 됐는지는 전혀 기억이 안 나는군요.

전요, 〈주간 신초〉 표지가 무섭더라고요.

갑자기 그런 말을 꺼낸 U씨의 표정은 지금도 기억납니다.

전 "네? 왜요?"라고 물었죠.

다니우치 로쿠로의 그림은 당시에도 이미 유명했던 터라 저도 알고 있었어요. 제 인상으로는 애들이 많이 등장하는 따뜻한 그림이란 느낌이었거든요.

그런데 U씨는 그 그림을 볼 때마다 등골이 오싹하다고 하는 겁니다.

되게 무섭거든요. 진짜 오줌이라도 지리는 게 아닐까 싶을 만큼 무서워요.

그때는 "그래요?"라고 반응하고 끝이었습니다.

사람마다 무서운 게 다 다르구나 생각했죠.

그런데 지금 생각하면 U씨가 말한 의미를 알 것 같은 겁니다.

〈주간 신초〉 표지는 이제 다른 사람이 그리지만, 제가 몇 년 전부터 다니우치 로쿠로의 달력을 쓰거든요.

침대 옆에 놓고 매일 보는데, 뭐랄까, 왠지 이상하단 말이죠.

연하고 부드러운 터치로 옛날 생활이랑 아이들을 그리는데 어딘가 광기가 서렸다고 할까요. 비슷한 그림을 그리는 화가가 많은데도 다른 사람에게서는 그런 느낌을 받은 적이 없습니다. 다니우치 로쿠로의 그림만이 어딘지 모르게 기괴하고 무서워요. 내내 그렇게 느꼈다는 U씨는 역시 재미있는 센스를 가진 사람이었다는 생각이 듭니다.

U씨는 어느 날 갑자기 미장원을 그만두고 행방불명이 됐습니다. 고향 바닷가 마을에서 바다 옆에 자리가 하나뿐인 미장원을 하는 게 꿈이라 했고, 커트 솜씨가 뛰어난 U씨는 그곳 스태

프에게서 더 배울 게 없다는 말도 했었거든요. 가게 내에서 겉도는 느낌도 있었던 터라 U씨가 그만뒀다고 말하는 종업원의 말투도 어딘지 모르게 차갑더군요. 그만둘 땐 보통 담당하던 손님을 데려가게 마련인데, U씨는 단골 손님한테도 연락처를 알리지 않은 모양이죠. 정말 먼 고향으로 돌아가서 미장원을 차렸기 때문이 아닐까 지금도 생각한답니다.

그 뒤로 몇십 년 지나서 지금 미용사분 말입니다만.

지금 담당하는 사람도 어쩌면 U씨와 분위기가 조금 비슷하거든요.

커트 솜씨가 뛰어나고, 호리호리하고, 쓸데없는 말은 잘 안해요.

기억이란 게 이상해서 왜 그날따라 삼십 년 전쯤 머리를 담당해주었던 U씨와 한 이야기가 생각났는지 모르겠단 말이죠.

하지만 어째선지 그때 〈주간 신초〉 표지가 무섭다고 했던 U씨가 생각났습니다.

그래서 별 생각 없이 그때 머리를 잘라주고 있던 K씨한테 물어봤거든요.

K씨, 뭐 무서운 거 있어요?

네?

K씨는 어리둥절한 표정이었습니다. K씨는 몹시 현실적이고

쿨한 사람이라 그때까지 한 번도 그런 이야기를 해본 적이 없었기 때문이겠죠. 나도 그런 이야기를 하는 타입이 아니라 그런 화제는 처음이었습니다.

그랬더니 얼마 동안 생각하다가 "풍경이려나요"라고 대답하는 겁니다.

"풍경요?"

내가 물었더니 고개를 끄덕이면서 "저희 할아버지 댁 처마 밑에 달린 풍경이 어렸을 때 엄청 무서웠어요"라고 설명했습니다.

"저런, 왜요?"

다시 물었더니 K씨는 아래와 같은 이야기를 해주었습니다.

2.

난부 철기란 거 아세요?

저희 고향이 이와테 현 산속이라는 건 O씨도 아시죠?

난부 철기는 에도 시대부터 이어져 내려오는 이와테 특산품인데, 튼튼하고 아름다운 주물이랍니다.

할아버지 댁은 큰 농가였거든요. 전형적인 위풍당당한 일본 가옥이었는데, 크고 널찍한 툇마루에 난부 철기 풍경이 달려 있었어요.

쇠로 만든 풍경 소리, 들어본 적 있으세요? 유리나 도자기 풍
경하고는 다른, 아주 맑고 깨끗한 소리가 난답니다. 작은 종 같
은 거니까 잔향이 오래 남죠.

철들었을 때부터 늘 처마 밑에 그 풍경이 달려 있었던 기억이
있어요.

할아버지 댁에 가는 건 주로 여름방학, 특히 백중 때라 더 풍
경의 인상이 강하게 남았겠죠.

제 기억으로 풍경은 늘 처마 한끝의 쑥 들어간 곳에 눈에 안
띄게 달려 있었거든요. 계절을 나타내는 장식이면 좀 더 가운데
에 있어도 될 것 같은데, 정말로 끄트머리. 덧문을 넣는 곳 바로
옆, 꼭 일부러 눈에 띄지 않게 하는 것 같았어요.

하지만 그런 건 나중에 와서 생각한 거고요.

뭐가 무서웠느냐 하면, 풍경이 이상한 시간에 울린단 말이죠.

아니, 그보다 평소엔 잘 안 울려요.

바람이 지나는 곳에서 떨어져 있으니까 거의 울리지 않거든
요. 그러니 아무도 거기 풍경이 있다는 걸 의식하지 못합니다.

그런데 가끔, 그것도 어째선지 제가 혼자 있을 때 울리는 겁
니다.

이상하죠?

하지만 사실이거든요. 오히려 바람이 안 부는 끈적한 여름날 오후, 움직임이 전혀 없는 고요한 순간에 울려요.

시골집은 넓은 데다 어른들은 밖에 일하러 나갔거나 이웃집에 인사하러 가고 없으니까, 어린애가 달랑 혼자 남아 있는 시간이란 게 꽤 있어요. 애 입장에선 주변에 친구가 있는 것도 아니니까 심심하죠. 사촌들이 오면 또 다르지만 언제나 같은 시기에 오는 건 아니니까요.

그러니까 어느새 보니까 혼자 있더라 할 때가 있어요.

제가 기억하는 맨 처음 광경은 이렇습니다.

전 툇마루 앞 마당에서 혼자 놀고 있어요.

작은 삽으로 마당의 흙을 파고 있어요. 무슨 목적이 있는 건 아니고 그냥 조금씩 주변을 파헤치고 있습니다.

그때 때앵, 하고 풍경이 울린 겁니다.

때앵, 하고 달랑 한 번. 맑고 투명한 소리로, 길게 끌듯이 딱 한 번.

전 놀라 얼굴을 들었습니다.

그게 무슨 소리인지 순간 알 수 없었는데, 왠지 모르게 시선이 풍경 쪽으로 확 갔어요.

저게 울렸구나, 하고 순간적으로 생각했습니다.

뭔가 이상한 느낌이 들어서 전 주위를 둘러봤죠.

기묘했던 건 그때 바람이 전혀 불지 않았다는 사실입니다. 움직임이 전혀 없었거든요.

주위는 쥐 죽은 듯 고요하고 새 지저귀는 소리도 들리지 않았습니다.

여름철 시골은 시끌시끌해요. 새와 매미가 귀청이 떨어질 정도로 울어대고, 바람소리에 농기계 소리, 온갖 소리가 들려오죠.

그런데 그때는 정말 무음이란 느낌이었어요. 뭣보다도 제가 얼굴을 들어 풍경을 봤을 때도 풍경은 조금도 흔들리지 않았어요. 줄에 매단 종잇조각도 수직으로 늘어져 있었거든요.

첫 기억은 이게 다입니다. 그 뒤 어떻게 됐는지는 잘 기억이 나지 않아요.

그저 그 풍경이 울렸다, 울릴 리 없는 때에 울렸다. 그렇게 생각한 건 분명합니다.

3.

그 뒤로 할아버지 댁에 여러 번 갔지만, 역시 풍경은 어지간해선 울리지 않았습니다.

애초에 아무도 그 풍경의 존재를 못 알아차리는 것 같았어요.

제가 어른이나 사촌한테 "저기 풍경이 있어"라면서 가리켜도 다들 "그러네" "있네" 하고 무관심하게 고개를 끄덕일 뿐이었습니다. 그 풍경에 관심을 갖는 사람은 저밖에 없는 것 같더군요.

무섭다고는 하지만 막연히 그런 것뿐이고 설명은 할 수 없단 말이죠.

가령 풍경이 울릴 때마다 친척 중에 누가 죽었다 하는 이야기였다면 전생의 업보 같은 걸로 설명할 수 있을 것 같거든요. '불길한 풍경'이라든지 '죽음을 부르는 풍경'이라든지.

그런데 그런 이야기가 아니에요.

'마가 낀다'란 말이 있죠.

풍경하고 전혀 상관없는 이야기인데요, '마가 낀다'란 말을 들으면 늘 생각나는 사건이 있거든요.

저희 고향에선 유명한 사건인데, 한 남자가 어느 날 갑자기 그때까지 사십 년이나 같이 일한 동료를 망치로 때려죽인 적이 있었습니다.

두 사람 다 더없이 온후한 성품에 사람도 좋고 형제처럼 친하게 지낸 동료였건만, 무슨 일인지 작업중에 동료한테 뒤에서 일격을 가한 겁니다.

죽이고 나서 남자는 그 자리에 우두커니 서 있었다고 합니다. 동네 사람이 말을 걸 때까지 망치를 계속 쥐고 있었대요.

원한이 있었던 것도, 다툼이 있었던 것도 아니었고 누구보다도 가까운 사이였다고 하고, 이 친구가 없으면 곤란하겠다고 생각했다죠.

그런데 그날 여느 때처럼 작업하는데 왜 그런지 살의가 불끈불끈 치밀었어요. 지금 이 망치로 저 녀석 머리를 내리치면 어떻게 될까 생각했더니 그 생각이 머리를 떠나지 않아서 자기도 모르게 그러고 말았다는군요.

고향에선 꽤 오랫동안 화제가 됐던 사건인데, 그때 어른들이 연신 '마가 끼었다'란 말을 했거든요.

그런 순간이 일상에 확실히 있어요. 갈라진 틈새라고 할지, 지금 있는 세계하고 연속되지 않는, 이질적인 순간이 보일 때가 있습니다.

풍경은 그걸 감지하는 센서 같은 게 아니었을까요?

4.

그 뒤로도 이루 셀 수 없을 만큼 할아버지 댁에 갔지만, 풍경이 울리는 걸 몇 번 들었는지는 잘 기억나지 않습니다.

그중에서 뭔가 이상했다 싶었던 때를 말씀드릴게요.

첫 번째는 역시 제가 혼자 툇마루에서 숙제하고 있을 때였습니다.

툇마루에 엎드려서 칠칠치 못한 자세로 산수 문제를 풀고 있었거든요.

어쨌거나 집중하고 있었기 때문에 주위가 조용해진 걸 몰랐어요.

그때 풍경이 울렸습니다.

때앵, 하고 한 번.

이번에도 딱 한 번, 길게 잔향을 남기면서 사라졌어요.

전 흠칫해서 풍경을 봤습니다.

이번에도 풍경은 움직이지 않더군요. 종잇조각도 수직으로 축 늘어져 있었고요.

허겁지겁 일어나서 툇마루에 손을 짚고 귀를 기울여봤어요.

정적. 아니, 침묵이란 느낌이에요. 사람이 많이 있는데 다들 움직임을 멈추고 숨죽이고 있는 느낌.

바람은 불지 않고 무음. 날씨는 좋은데 해는 비치지 않고 그림자도 없어요. 어쩌 무대 세트처럼 풍경이 인공적으로 느껴졌습니다. 가짜로 만든 것 같은 느낌.

물론 널따란 마당에는 아무도 없었고 벌레조차 기척이 없었어요.

그런데도 그때 '누가 있다'란 생각이 드는 겁니다.

지금 보고 있는 광경 속에 누가 있다. 그런 직감이 들었어요.

전 돌덩이처럼 굳어선 움직이지 못했어요. 도망치고 싶은데 몸이 꼼짝도 하지 않더군요. 눈앞의 장면과 하나가 된 것처럼 그 자리에 얼어붙어 있었습니다.

그런데 어디서 낮은 소리가 들려오는 겁니다.

삭, 삭, 삭.

아주 작은 소리인데 주위가 무음 상태니까 얼마나 잘 들리던 지요.

낙엽을 쓰는 것 같은 소리였습니다.

그런 삭, 삭, 삭, 하는 소리가 마당을 가로질러 가는 것 같았습니다. 오른쪽에서 왼쪽으로, 소리가 조금씩 이동해요.

소리의 임자는 모습이 보이지 않는데요.

그저 소리만이 마당을 지나갔습니다.

시간이 얼마나 지났는지는 모릅니다. 엄청나게 길게 느껴졌지만 실제로는 별로 안 걸렸을지도 몰라요.

소리가 마당을 통과해 들리지 않게 된 순간, 갑자기 눈앞의 장면에 소리가 돌아왔습니다. 여느 때처럼 산의 시끌시끌한 소리에 정신이 들어서 저도 몸을 움직일 수 있게 됐답니다.

5.

　지금 와서 생각하면 어째서 할아버지나 할머니, 부모님한테 제가 본 걸 이야기해보지 않았는지 이상하죠.

　어쩌면 무슨 사연이 있는 풍경이라 이상한 순간에 울리는 이유가 있었을지도 몰라요. 제가 물어봤으면 누가 이야기해줬을지도 몰라요.

　하지만 전 그래야겠다는 생각을 안 했어요. 어린애 생각에도 그 풍경 이야기를 꺼내지 않는 게 좋을 것 같았거든요.

　그런 거 있지 않나요?

　어째 이상하고 아무리 봐도 이치에 맞지 않는데 아무도 언급하려고 들지 않는 것. 입 밖에 내거나 인정하면 안 되는 것. 그렇게 무의식중에 공유하는 게 지금도 있어요.

　풍경 소리를 들었을 때 이야기를 하나 더 할까요.

　이때 있었던 일이 가장 기억에 선명하게 남아 있는데요.

　고등학교 1학년 여름이었습니다.

　고등학생쯤 되고 나면 시골에 가는 즐거움 같은 게 없어지죠. 친구랑 노느라 바빠서 시골 같은 건 그냥 귀찮기만 합니다.

　그래서 아주 지루해했던 기억이 있어요.

　갖고 온 책도 다 읽고 이제 여기 올 일이 별로 없겠다고 생각했습니다.

풍경에 관한 것도 잊어버리고 있었어요. 풍경을 겁냈던 건 기억하고 있었지만 어렸을 때 일이라고 신경 쓰지 않았거든요.

그때도 날씨가 좋은 오후라 툇마루에 앉아 게으름 피우고 있었죠.

그때 그 기묘한 느낌은 지금도 똑똑히 기억나요.

툇마루에 늘어져 앉아 있었는데, 어째선지 갑자기 몸이 긴장되는 거예요.

뭐랄까, 복통이 나기 전에 몸이 긴장되잖아요? 배가 아프겠다, 하고 몸이 알아차리죠.

그런 느낌으로 온몸이 확 차가워지는 것처럼 경직되더군요.

무슨 일이 일어나고 있는 건지 알 수 없었어요.

동시에 주위에서 소리가 빠른 속도로 사라져가는 걸 깨달았습니다.

눈앞의 광경이 멀어져가는 느낌. 저 자신은 움직이지 않는데 주위 장면만이 스르르 멀어져갑니다.

그때 직감한 겁니다.

전 처마 밑 풍경에 시선을 주었어요.

풍경이 울린다.

지금부터 저 풍경이 울릴 거다.

그렇게 확신했습니다.

그러더니 정말 울렸어요. 때앵, 하고 한 번, 아주 맑은 소리로, 길게 꼬리를 끌면서.

전 제 눈으로 똑똑히 봤습니다.

종잇조각은 움직이지 않고 그 위 종 부분만 훌쩍 기울었어요.

그러곤 아무 일도 없었던 것처럼 다시 수직 상태로 돌아갔습니다.

주위는 이번에도 무음 상태였고요.

물론 전 가위눌린 것처럼 꼼짝할 수 없었어요. 엄청나게 동요했죠. 설마 고등학생씩이나 돼서 그런 경험을 할 줄은 몰랐거든요.

땀을 줄줄 흘리면서 마당을 보고 있었습니다.

뭐가 있다. 그런 확신이 또다시 차츰차츰 들더군요.

그러더니 그 소리가 들린 겁니다.

삭, 삭, 삭, 하는 낙엽을 빗자루로 쓰는 것 같은 소리. 그게 시야 오른쪽에서 천천히 다가왔습니다.

소리가 들리는 쪽을 봤다가 엄청나게 놀랐지 뭐예요.

소리 임자가 보이더라고요.

아니, 정확히 말하면 소리 임자의 일부가 보였습니다.

신을 신지 않은 남자였습니다.

그리고 그 남자 앞뒤로 어린애 발이 보였어요. 다들 맨발로 느릿느릿 끌듯하면서 걸어왔습니다.

발만요.

복사뼈 언저리까지가 흐릿하게 보이고 그 위는 없더군요.

막연히 고귀한 신분의 사람이란 느낌이 들었습니다.

발목에 실을 꽈서 만든 것 같은 아름다운 색깔의 끈이 감겨 있고, 얇고 비쳐 보이는 옷자락을 뒤로 늘어뜨렸더라고요.

조용히, 느릿느릿, 엄숙하게 나아가는 모습이 옛날 높은 사람이나 고승 같은 이미지라 해를 끼친다든지 폭력적인 느낌은 전혀 없었어요.

그저 세 쌍의 흐릿한 발이 천천히 마당을 가로질러 갈 뿐이었습니다.

눈앞에 보이는 광경이 믿기지 않아서 전 그 발에서 한시도 눈을 떼지 못했어요. 눈도 못 깜박이지 않았을까요.

발은 천천히, 천천히 나아갔습니다.

분명히 눈앞의 흙을 밟고 있고, 발을 디딜 때마다 돌멩이 밟는 소리가 나는 겁니다.

삭, 삭, 삭, 삭, 하는 소리는 이어졌습니다.

발이 사라질 때까지 시간이 꽤 오래 걸렸답니다.

어렴풋이 보이던 발목에 감긴 끈이 서서히 희미해져 이윽고 사라져버렸어요.

전 입을 딱 벌린 채로 주변에 소리가 돌아온 뒤로도 얼마 동안 정신을 차리지 못했어요. 목이 바싹 말라붙고 온몸에 근육통 같은 게 생겼던 기억이 있습니다.

6.

풍경 소리를 들은 건 그때가 마지막이었어요.

그 뒤 얼마 지나서 할아버지가 갑자기 쓰러져 돌아가시고 이 년 뒤 할머니도 세상을 떠나셔서요. 그 뒤로도 할아버지 댁에 몇 번 갔지만 여름이 아니라 풍경은 매달려 있지 않았습니다. 지금도 어딘가에 넣어놨는지 처분하고 없는지 그것도 모르고요. 정말 무슨 사연이 있는 풍경이었는지 영원히 알 수 없게 됐어요.

이상하죠.

오늘 O씨가 물어보실 때까지 까맣게 잊고 있었거든요.

최근 몇 년 동안은 생각한 적도 없었고요.

그렇지만 가끔 할아버지 댁에 있었던 것처럼 쇠로 만든 풍경 소리를 들으면 섬뜩할 때가 있거든요.

왜 섬뜩한 건지 저 자신도 의식하지 못했지 뭐예요.

맞다, 가끔 재를 올리러 갈 때도 섬뜩했네요.

스님이 독경하고 나서 종을 댕 치잖아요?

그 소리가 그 풍경 소리하고 똑같거든요.

트와일라이트

문 너머로 멀리 바람이 쇄아쇄아 불어 한없이 나아가는 소리가 땅울림처럼 이어지고 있었다.

이곳에 틀어박힌 뒤로 대체 얼마나 지났을까.

눈이 아팠다. 관자놀이를 주물러봐도 전혀 나아지지 않았다.

나는 지칠 대로 지쳐 닫힌 문 안쪽에 느릿느릿 앉았다.

이렇게 아무것도 없는 곳에 틀어박힐 생각을 하다니 어리석었다. 실내가 늘 환한 것 하나만은 다행이었다. 바깥처럼 캄캄하기까지 했다면 더 우울했을 것이다.

이따금 의미불명의 말로 부르는 목소리가 간헐적으로 들려왔다.

들으면 안 된다. 들으면 안 된다. 녀석들이 내게 어떤 짓을 했

나. 두 번 다시 믿을까보냐. 그런 만행을, 그런 굴욕을. 잊어선 안 된다.

하지만 시간이 흐를수록 허탈감과 갑갑함은 더 심해질 뿐이었다.

세계는 어둠으로 뒤덮이고 말았다.

그날부터 세상은 완전히 달라지고 말았다. 이제 불을 밝힌 곳은 여기뿐. 말 그대로 세상은 암흑 속에 가라앉고 말았다.

끔찍한 사고였다. 생각만 해도 꺼림칙하고 역겹다. 그 처참한 사고가 있은 뒤로 세계는 더럽혀지고 빛을 잃고 말았다.

아니, 그게 아니다. 그건 결코 사고가 아니었다. 노여움이 불끈불끈 치밀었다.

그건 범죄다. 세계에 대한 범죄다. 이제 돌이킬 수 없다. 그날을 경계로 세계는 암흑 속에 빠져들고 말았다.

그러나 녀석들은 나를 끌어내리려 하고 있다. 간지러운 목소리로 회유하려 하고 달콤한 말로 구슬러 이곳에 들어오려 한다. 그럴 수밖에 없다. 바야흐로 멀쩡한 사람, 빛을 가진 사람은 나밖에 없으니까.

하지만 내가 완강하게 대답하지 않으니 얼마 동안 밖이 조용해졌다.

어둠 속을 날뛰는 바람 외에는.

내내 긴장하고 있었건만 어느새 얼핏 잠이 든 모양이다. 나는 꿈을 꾸었다.

떠들썩하게 웃는 사람들이 환한 들판에서 잔치를 벌이고 있었다. 화려한 춤곡에 맞춰 아름다운 여자들이 춤추며 돌아다니는 모습은 과거의 우리 세계와 같았다. 아아, 한때는 그런 목가적인 세계가 존재했건만.

흠칫해서 깼다. 멍하니 주위를 둘러봤다.

잠이 깼는데도 여전히 웃음소리가 들렸다. 명랑한 춤곡도.

설마 그럴 리가. 나는 허둥지둥 일어나 앉았다. 돌문에 귀를 대고 바깥 동정을 살폈다.

하지만 잘못 들은 게 아니었다. 정말 많은 사람이 떠들썩하게 웃고 환성을 지르는 게 들렸다.

있을 수 없는 일이다. 바깥은 암흑이고 야만스러운 미개의 세계로 퇴보했을 텐데.

그렇건만 이 환성은 뭐지? 음악은? 밖에서 대체 무슨 일이 벌어지고 있는 거야?

나는 침을 꿀꺽 삼켰다.

나가면 안 된다. 보면 안 된다.

마음은 그렇게 부르짖는데 손은 어느새 무거운 돌문을 잡고 있었다.

살짝 엿보는 것뿐이다. 아주 약간 여는 것뿐이다. 손가락 하나 들어갈 정도로 아주 약간만.

문틈으로 눈부신 빛이 비쳐들어 순간 눈을 뜨지 못했다.

말도 안 돼. 어째서 밖에 빛이 있지?

머릿속이 새하얘졌다. 다음 순간, 파랗게 질려 입을 벌린 여자 얼굴이 보였다.

아는 얼굴이다?

눈 깜짝할 새에 수많은 손가락이 틈새를 비집고 들어와 문을 활짝 열어젖혔다.

순식간에 문 밖으로 끌려나가 녀석들에게 에워싸였다. 머리 위에서 한꺼번에 수많은 목소리가 쏟아졌다.

"아아, 다행이다. 나왔네."

"역시 노래랑 춤이 효과가 있네. 얼굴을 내밀었을 때 거울을 들이민다는 아이디어도."

"당신이 없으면 말 그대로 온 세상이 캄캄하다고."

"그 녀석이 다 잘못한 거지. 지금까지 입은 은혜도 잊고 당신의 소중한 공방에 가죽 벗긴 말을 던져넣다니 당치도 않다니까. 우리가 흠씬 두들겨패서 단단히 혼꾸명내줬다고. 불길하다, 부정탔다고 할 만도 하니까 깨끗이 청소하고 정화도 했어. 여자들한테도 잘 사과하고 위자료 두둑히 챙겨줬고."

"그러니까 이제 그만 봐줘. 스사노오도 반성한대. 당신이 나올 때까지 포기하지 않겠다고 녹초가 되도록 오랜 시간 당신을 위해 춤춘 무희를 봐서라도 그만 용서해줘, 아마테라스 씨."

아마테라스 전설*은 이런 느낌이었을지도 모르겠다.

---

* 태양신 아마테라스가 남동생 스사노오의 만행에 지쳐 바위굴에 숨자, 신들이 지혜를 모아 아마테라스를 밖으로 나오게 했다는 일본 신화 속 전설

저는 고양이입니다.

네, 확실합니다. 이 발바닥 젤리에 걸고 맹세하죠.

장난이야. 잠깐 인간 흉내 좀 내봤어. 그렇지만 역시 괜히 했네. 우리한테 이런 건 어울리지 않아.

의미가 있느냐고.

내가 발바닥 젤리에 걸고 맹세하는 거에 무슨 의미가 있다는 거야? 없잖아?

그래. 그 사람들은 걸핏하면 '신의 이름으로'라느니 '맹세컨 대'라느니 그런 거창한 말을 늘어놨어.

하여간 이해가 안 된다니까. 그런 거 어차피 말뿐이잖아? 결국엔 어길 거면서.

응, 뭐, 왜 그러는지는 알아. 인간은 약하거든. 지키지 못하니까 '맹세'하는 거고. 지킬 자신이 없으니까 주위 사람들 듣게 입밖에 내는 거고 그 김에 스스로한테도 다짐을 두는 거지.

저는 고양이입니다.

네, 정말입니다. 이 수염에 걸고 맹세하죠.

이 생활도 마음에 들어. 마음 편한 바깥 생활도 나쁘지 않아. 바람 부는 대로, 발길 닿는 대로. 응, 말 그대로 지금은 바람의 방향이 중요하잖아. 조심해야지. 아, 댁하곤 상관없나.

안 그렇다고?

영향이 있어? 그래? 그렇구나. 몰랐어.

응, 그야 조금은 돌아가고 싶단 생각이 들 때도 있어. 그 집 꽤 마음에 들었었거든. 오래 살기도 했고.

지금도 생각나.

근사한 돌계단. 난간 폭이 넓어서 통로로 썼어. 계단을 오르내리는 것보다 체력도 덜 쓰고. 반들반들해서 촉감도 좋았거든. 여름엔 시원해서 거기서 낮잠도 자고.

계단참에 천창이 있었거든. 거기로 비쳐드는 오후 햇빛이 얼마나 근사했는지 몰라. 멀리서 들려오는 종소리도 멋있고.

쥐?

별로 없었어. 맨 처음 있었던 고양이는 쥐도 잡은 모양인데 언젠가 대대적으로 개장 공사를 하면서 하수도 쪽을 고쳤더니 거의 안 나오게 됐대.

나 때는 본 적 없어.

그야 녀석들을 '애완'하는 건 즐겁고 꼬리까지 아득아득 씹어 먹는 것도 좋지만, 솔직히 당시엔 그렇게 궁상맞은 냄새 나는 녀석들은 아무래도 상관없었어. 그보단 닭 가슴살이 더 맛있잖아.

내 방도 좋았어. 천장이 높고 훌륭한 책상이 있었어. 늘 예쁜 꽃이 꽂혀 있었고. 드나드는 꽃집 사람이 참 좋았는데. 멋있게 늙은 할아버지였거든. 나 줄 간식도 가져오고 그랬어. 계절마다 꽃을 가득 장식했지. 지금도 생각나네. 흰 장미 향기가 아주 근사했는데.

어디선가 음악이 들려와서 흰 장미 향기를 맡으며 책상 위에서 꾸벅꾸벅 졸면 얼마나 기분 좋던지.

넌 마음 편해서 좋겠군.

너하고 바꾸고 싶다.

동거인은 다들 그런 말을 해.

하도 하나같이 똑같은 말을 하길래 내가 그랬거든. 그럼 당신
도 나처럼 하면 되잖아.

흰 장미 향기를 맡으면서 책상 위에서 꾸벅꾸벅 졸면 되잖아.

물론 내가 그렇게 말하는 걸 알아듣진 못했나봐.

인간은 하여간 진전이 없다니까. 우리는 이미 오래전에 인간
이 하는 말을 이해할 수 있게 됐는데, 녀석들은 끝까지 모르더
라고. 멋대로 바쁜 척하고 멋대로 자기를 옭아매고 고민하면서
넌 마음 편해서 좋겠다고? 그게 할 말이야?

진짜 지겨워 죽을 것 같았다니까. 하도 맨날 똑같은 소리만
하니까.

응, 늘 동거인이 있었어. 내 방인데 정기적으로 동거인이 바
뀌나봐.

매일 내 방에 찾아오거든. 아침 8시에 와서 나한테 인사하고,
다른 사람들한테도 인사해.

그러곤 내 방 책상에 앉아서 뭔가 작업을 하는 거야. 전화도
하고, 서류를 읽고 쓰고 읽고 쓰고.

뭐, 내 방에 얹혀 지내는 거지. 나름대로 신경은 써줬지만 가
끔 기분이 나쁘거나 나한테 화풀이하는 녀석도 있었어.

맞다, 방구석에 상자가 있었거든.

거기에 그 녀석들, 술을 뒀어. 나중엔 작은 냉장고를 들여서

거기에 술을 차게 보관하는 녀석도 있었고.

술.

그것도 모르겠단 말이지. 왜 일부러 그런 걸 몸속에 집어넣는 건데?

딴 사람이랑 이야기할 땐 있는 대로 거들먹거리면서 혼자 있을 땐 금세 술이나 꺼내고.

별로 달라지지 않는 사람도 있었고 매번 일정한 양만 마시는 사람도 있었지만 주정을 부리는 사람도 있었어. 점점 혼잣말하는 목소리가 커져서 말이야. 안 되겠다, 저러다 날뛰겠다 싶으면 얼른 나오곤 했어. 나한테까지 욕설을 퍼붓지 뭐야.

내 방에 얹혀 지내는 주제에 너무하지 않아?

뭔가 괴롭고 힘든 모양인데, 그럼 그만두면 되잖아. 느긋하게 책상 위에서 낮잠이라도 자면 될 거 아냐?

더우면 그늘로 자리를 옮기고 추우면 바람이 안 부는 곳으로 이동해. 그게 당연한 거잖아. 왜 일부러 괴로운 일을 하는데? 정말이지 인간은 이해가 안 돼.

저는 고양이입니다.

네, 인정합니다. 이 첫 번째 꼬리에 걸고 맹세하죠.

동거인은 꽤 많이 바뀌었어. 오래 있는 사람도 있었지만 대개 몇 년에 한 번 바뀌던데. 방에 드나드는 그 사람 동료 같은 사람들도 바뀌었고.

바뀌지 않는 건 꽃집 사람뿐. 다행이지. 그 할아버지 좋아했거든.

응, 솔직히 말해서 옛날 동거인들은 썩 괜찮았어. 내 앞에 있었던 애도 그랬나봐.

대가 바뀔수록 존재가 가벼워진다고 할지, 시시해진다고 할지, 인간으로서의 깊이라고 할지, 무게가 모자란다고 할까?

갈수록 그렇게 된 것 같아.

동거인의 질이 떨어져가는 건 꽤 괴로웠어.

그럼, 나도 괴로울 때가 있는걸.

내 방에 드나드는 거잖아. 좋은 녀석인 게 당연히 좋지 않겠어? 꼴사납지 않다는 건 중요해. 나랑 둘만 남으면 갑자기 꼴사나워지는 녀석은 보는 쪽도 불쾌하단 말이야.

담배 뻑뻑 피워대는 동거인은 진짜 싫었어. 그건 진짜 병이라니까. 담배에 불을 붙여서 잠깐 피우다가 꺼버리고 다시 금세 새 담배에 불을 붙여.

담배란 것도 잘 모르겠더라. 인간은 어째서 그렇게 몸에 나쁜 걸 하는 거지?

파멸 충동? 파괴 충동? 그리고 보니까 물건을 부수는 사람도 있었는데.

알코올의존증도 있었어. 냉장고에도 상자에도 둘 다 술이 가득했지.

또 의외로 불쾌한 게 여자 끌어들이는 녀석.

그야 자연적인 행위이긴 해. 교접이랄지, 번식이랄지 동물이니까 당연해.

하지만 거긴 내 방인데 가능하면 미리 양해를 구하는 게 예의 아냐?

살그머니 들어와서 느닷없이 시작하는 건 좀 안 해주면 좋겠다고.

처음엔 놀라서 말 그대로 눈이 똥그래졌다니까.

그렇구나, 인간은 따로 발정기가 없어서 언제 어느 때나 오케이란 소문은 들었지만 진짜로 그렇다는 걸 눈앞에서 보여주는 바람에 얼마나 충격을 받았는데.

그렇잖아, 문 너머에선 그런 눈치는 눈곱만큼도 안 보였다고.

그런데 문 안으로 들어오자마자 대뜸 시작하는걸?

대체 어떤 시스템인 걸까? 우리처럼 시기가 정해져 있는 게 합리적인 것 같은데.

뭐, 어느 쪽이 나은지는 별개로 치고, 남의 행위를 봐야 하는 건 별로 기분 좋은 일은 아니잖아.

결국 익숙해지긴 했지만. 그런데 그 동거인은 여자 끌어들인 것 때문에 나중에 욕 먹은 모양이지. 아내가 있는데 딴 여자를 잔뜩 데려왔나봐.

아내랑 남편 같은 것도 잘 이해가 안 되는 제도라니까. 그것도 다들 괴로워하는 것 같던데. 다들 표정이 어두워지는걸. 심각하거나 힘들거나 그런 것 같더라고.

그러니까 말이야, 아까도 말했지만 괴로운 건 그만두자니까.

저는 고양이입니다.

물론 사실입니다. 이 발톱에 걸고 맹세하죠.

하여간 마지막 동거인은 정말 형편없었어.

뭐가 형편없었느냐 하면 '그거'를 꺼내들었다는 거야.

내 생각엔 '그거'를 꺼내들기 시작했을 때부터 모든 게 바뀌어서 지금처럼 되지 않았을까 싶은데.

인간은 이것저것 이상한 걸 많이 만들었고 도무지 이해가 안 되는 것도 많지만, 그때까지는 어떻게든 됐어. 적당히 들어 넘기면서 건성으로 알겠다고만 하면 됐어. 동거인하고도 잘 지낼 수 있었어.

하지만 그건.

그건 정말 최악의 발명 아닐까.

뭔지 알겠어? 당신도 알려나?

알아? '신'이란 거.

나도 결국 그게 뭔지 잘 모르겠지만 '신'이란 거야. 툭하면 '신께서' '신께서' '신께 맹세컨대' '신께 걸고'라고 하거든.

뭐든 '신' 탓이야.

뭐든 '신'을 위해서고.

뭐든 다 그렇다니까.

그 말을 하면 다들 입을 다물어버려. 반론하지 못해. 얼마나 대단한지는 모르지만 아마 엄청나게 대단한가봐.

그렇지만 말이야, 이상하지 않아?

'신'인지 뭔지, 그건 인간의 머리가 만들어낸 거잖아? 게다가 머릿속에 있으니까 아무도 본 적 없고 존재도 입증할 수 없어.

게다가 종류도 엄청 많은 것 같던데. 모두가 각자 다른 '신'을 갖고 있고 자기 '신'만이 진짜 '신'이래.

뭔 소리래, 싫잖아?

'신'은 하나 아냐? 하나여야 '신'인 거 아냐? 인간이 말하는 숭고한 존재라면 말이야.

어떤 이미지인지는 모르지 않아.

실제로 인간한테 '신'이 필요했다는 것도 알겠어.

나도 안다고. 산다는 게 얼마나 힘든지.

마음 편한 유랑 생활. 바람 부는 대로, 발길 닿는 대로. 그렇게 말하면 그럴싸하게 들리지만, 혼자 산다는 게 쉽지 않다는 건 나도 알아. 우리는 자유를 만끽하고 있지만 그에 따르는 위험도 감수하고 있어. 마지막엔 길바닥에 쓰러져 죽는다는 것도 잘 알아.

그러니까 인간이 '신'을 만들어낼 수밖에 없었다는 것도 이해는 해.

하지만 맨 마지막 동거인 때는 그런 게 아니었어. '신'이 목적이 아니라 수단이 돼서 거기에 모든 책임을 떠넘겼어. '신'이란 한마디로 그 이상은 아무것도 생각하려 들지 않았어.

아무 데나 '신'을 찍어바르는 것. 그건 맨 처음 절실하게 '신'을 만들어냈을 때랑은 다르지 않나 생각하거든.

저는 고양이입니다.

네, 이 두 번째 꼬리에 걸고 맹세하죠.

그러게.

이 이상은 별로 할 말이 없네. 지금 상황은 댁도 알고 있지?

모든 게 '신'의 탓이라서, 모든 게 '신'을 위해서라서, 내 동거인이 뭔가 엄청난 단추를 누른 모양이야. 그때까지 역대 동거인이 갖고는 있었지만 아무도 쓴 적이 없는 단추. 지금까지 내내 단추를 쓰지 않는 용기가 우선되어 왔건만, 이 동거인은 '단추를 쓰는 게 용기다, 난 용기가 있는, 배짱이 있는, 나라를 사랑하는 사람이다'라고 엄청 뻐겼다지. 하지만 그 동거인한테 박수갈채를 보내는 사람도 수두룩했대. '신'이 우리를 지켜주신다, 축복해주신다, 눈물을 흘리면서 기뻐했다나.

하긴 뭐 어때?

마지막 동거인도, 그 인간한테 박수 친 인간들도 행복한 기분에 젖어 눈 깜짝할 새에 승천한 셈이니까.

자기가 단추를 누르면 당연히 남도 누르잖아? 그걸 생각 못 했나봐.

지금쯤 천국에서 소원대로 자기 '신'이랑 대화라도 하고 있지 않을까?

저는 고양이입니다.

거짓말 아냐. 세 번째 꼬리에 걸고 맹세해.

그렇게 해서 아무도 없게 됐어.

아무도.

내 예쁜 방도, 사시사철의 꽃도 없어졌어.

진짜 대책 없다니까, 그치들. 하여간 인간이란 건 정말이지 이해 안 되는 존재였어.

스스로를 옭아매서 멋대로 괴로워하고 고민하고 엉뚱한 데 다 화풀이하면서 담배나 피우고 물건이나 부수고.

하여간 믿기지 않아.

용케 그런 모순된 성격으로 오래 버텼다 싶어. 우리도 용케 곁에 있어줬고.

그렇지만 말이야.

그렇지만.

사실은 나 싫지 않았어.

가끔은 엄청 민폐였고, 도무지 발전이 없고, 내 말을 조금도 이해하지 못했지만.

지금도 가끔 꿈을 꿔.

계단참의 천창을 올려다보는 꿈. 널따란 난간 위에서 낮잠 자는 꿈.

흰 장미 향기를 맡으면서 책상 위에서 졸던 시절.

아아, 참 근사한 시간이었는데.

그런 근사한 시간을, 그치들하고, 다양한 인간들하고 공유한 적도 있었는데.

지금도 가끔 생각나.

꽃집 할아버지랑 종소리랑.

저는 고양이입니다.

진짜라니까. 네 번째 꼬리에 걸고 맹세해.

이거봐, 이제 그만 납득해주지 않을래?

이만큼 내가 고양이라고 말했으면 슬슬 믿어줘도 되지 않아?

그러니까 진짜 고양이 맞다니까. 꼬리가 아홉 개 있어도 고양이는 고양이라고.

뭐? 고양이 꼬리는 하나라고?

그러니까 말이야, 맨 마지막 동거인이 시작한 전쟁이 끝나고 공기 중의 화학물질인지 뭔지 때문에 이렇게 된 거야. 나만 그런 게 아닌걸. 그렇지만 얼굴은 고양이잖아? 남들이 말하는 보통 고양이.

나 원 참, 댁은 기계잖아?

인간이 마지막에 만든 기계니까 똑똑할 텐데? 그 왜, 딥러닝 인지 뭔지 하는 걸로 빠른 속도로 학습하고 있잖아.

들어본 적 있어. 인간은 아무리 종류가 많아도 개는 개, 고양

213

이는 고양이라고 인식할 수 있지만, 기계한테는 오랫동안 그게 불가능했다고.

그렇지만 댁쯤 되면 고양이는 고양이라고 공통항으로 분류할 수 있지 않던가?

저런, 그래?

꼬리 아홉 개 달린 고양이는 아무리 그래도 예상 외였다?

그렇단 말이지. 동양의 옛날 전설에 꼬리 아홉 개 달린 고양이가 있었다. 하지만 어디까지나 전설이니까 존재는 확인된 적이 없었다. 지금 눈앞에 전설 속 존재가 있다는 사실에 놀람을 금할 수 없다?

그렇군.

이제 어떻게 할 거야?

인간의 역사를 정리하겠다고? 그게 인간에 의해 만들어진 자기 역할이다?

그래, 열심히 해봐.

나도 멀리서 응원할게.

저는…… 저는 고양이입니다.

그래요, 인간들이 명명한, 인간들이 말하는 고양이입니다.

진짜예요.

악보를 파는 남자

새하얀 로비의 커다란 창유리 안쪽이라 처음에는 역광 탓에 남자의 얼굴이 잘 보이지 않았다.

시내 동쪽. 개축한 지 몇 년 된 중간 규모의 콘서트홀은 실내가 흰색으로 통일되어 아직 새것이라는 인상과 어딘지 모르게 비현실적인 공간이라는 느낌을 주었다.

장마를 예감케 하면서도 산뜻한 햇빛이 쏟아지는 계절이다.

나는 등받이가 없는 소파에 앉아 사진을 확인하고 있었다.

로비는 한산했다.

주말은 혼잡하겠지만 지금은 평일 오후라 관계자로 보이는 몇 명이 구석에서 나지막이 잡담을 주고받고 있을 뿐이었다.

나흘간에 걸쳐 개최되는 현악기 이벤트다. 현재 홀에서는 학생 대상 워크숍이 열리고 있다.

나는 잡지 취재차 드나들었지만 모든 이벤트를 보는 것은 아니고 지금은 잡지 편집자가 오기를 기다리는 중이다.

취재하느라 바빠서 차분하게 주위를 둘러볼 여유가 생기고 나서야 비로소 그의 존재를 깨달았다.

뭘 하는 걸까.

간단한 사진 확인이 끝나 막연히 일어나 그쪽으로 다가갔다.

로비에서 조금 뒤로 물러난, 입구에서 직진으로 나아간 곳에 있는 공간.

하얀 테이블 위에 악보가 진열되어 있었다. 악보를 판매하는 것 같다. 테이블 구석에 컴퓨터가 있는 것은 매출을 기록하는 목적인가. 돈통 같은 게 보이지 않는 것을 보면 전자 결제일지도 모르겠다.

곡별로 악보를 진열했는데 높이가 들쑥날쑥한 것을 보면 곡에 따라 권수가 다른 모양이다. 색색의 악보는 표지의 로고가 모두 똑같은 것을 보면 같은 출판사에서 나온 듯했다.

남자는 장식품처럼 조용히 앉아 있었다.

마흔 살 전후의 백인 남자. 흰 티셔츠 위에 빨간 체크 셔츠를 걸치고 물 빠진 청바지를 입은 캐주얼한 차림새다.

딱 벌어지고 살집이 있는 체격인데 키는 그리 크지 않은 것 같다.

밝은 갈색 머리. 같은 색 수염이 턱을 덮고 귀와 귀 사이를 잇고 있다. 눈도 옅은 갈색이었다.

팔리려나.

그런 소박한 의문이 들었다.

아닌 게 아니라 바이올린에 비해 솔로를 위한 악보가 압도적으로 적다고 이야기되는 현악기의 이벤트였으니, 솔로에 특화된 악보를 대량으로 팔 수 있는 귀중한 기회일 것이다. 하지만 보는 사람이 이렇게 적은데 과연 눈에 띌지.

어느 나라에서 왔는지는 모르겠지만 교통비와 체재비를 충당할 만큼 팔릴까.

남 일이기는 해도 공연히 걱정됐다.

그는 뭔가를 하는 것도 아니고 그저 조용히 접이식 의자에 앉아 있었다.

그것도 내 시선을 끈 이유 중 하나였다.

누가 뭐라 할 것도 아니고 손님도 없으니 나이가 저 정도 된 사람이면 내내 스마트폰을 들여다보고 있을 것 같은데.

할 일이 없을 때 이제 거의 모든 사람이 스마트폰을 꺼내 든다. 사실인지 아닌지는 알 수 없지만, 뉴욕인지 어디에서 지하철 승객 모두가 스마트폰을 들여다보느라 차 안에서 강도 사건이 벌어진 것도 몰랐다는 이야기를 들은 적이 있다.

외국에서 온 관광객이라면 지리도 잘 모르니 거의 100퍼센트 스마트폰을 보고 있다고 해도 과언이 아니다.

그런데도 그는 그저 악보 뒤에 조용히 앉아 있을 뿐이었다.

지루해하는 기색도 없고 매출을 걱정하는 것 같지도 않았다.

그냥 앉아 있었다.

어째 기묘한 기분이 들었다.

이곳에 악보를 늘어놓고 그 뒤에 앉는다.

그것 자체가 그의 목적이라는 생각이 들었다. 마치 무슨 오브제처럼, '악보를 파는 남자'라는 설치 작품이 콘서트홀에 놓여 있는 것처럼 느껴졌다.

이튿날 다시 왔을 때도 '악보를 파는 남자'는 이미 전날과 같은 차림새, 같은 포즈로 같은 곳에 앉아 있었다.

테이블에는 여전히 질서 정연하게 악보가 무더기를 이루고 있다.

안면을 익힌 스태프에게 인사하는 참에 물어봤다.

"저분은 어디서 오셨나요?"

"미국이래요. 여름 시즌에 음악제랑 워크숍이 여기저기서 열리니까 그런 곳을 돈다는데요."

"전세계를 다니는군요?"

"네. 이다음엔 중국에 간다고 했어요."

"팔리려나요?"

"누가 사는 걸 봤다는 사람이 있긴 했는데요."

스태프도 관심이 있었던 듯, 목소리를 낮추는 게 우스웠다.

그날은 금요일이라 전날보다 관객이 많았다.

저녁에 있을 갈라 콘서트는 더 붐빌 것이다. 그러면 악보도 조금 더 팔릴지 모른다.

쓸데없는 오지랖인 줄 알면서도 악보가 팔리기를 바라는 스스로를 깨달았다.

미국. 먼 곳이고 교통비도 비싸다. 일본에 온 보람이 있다고 생각해주면 좋겠는데.

그는 이번에도 태연히 그 자리에 앉아 있었다.

마치 세상의 동향 따윈 관심없다는 분위기다.

그의 주위만이 불가사의한 정적에 싸여 다른 공기가 흐르는 것 같았다.

조용히 앉은 그의 모습을 바라보는 사이에 엉뚱한 망상에 사로잡혔다.

그는 행복할지도 모른다.

지금 그의 머릿속에는 내내 현악기가 연주되고 있다. 이 소리

없는 로비에서도 그의 머릿속에서는 음악이 울려 퍼지고 있는 것이다.

그는 건물 안을 바라보고 있지만 등 뒤, 창 너머에서 흔들리는 신록에서 음악을 느끼고 있을지도 모른다. 땅에 쏟아지는 햇빛을 느끼고 있을지도 모른다.

그래, 그는 음악을 팔고 있다.

눈앞에 멋진 곡이 나열되어 있다. 그는 머릿속에 모든 곡이 들어 있어 악보를 빠짐없이 기억할 수 있다.

그는 머릿속에 자신이 파는 악보의 곡이 빼곡이 들어 있어 언제든지 연주할 수 있다. 어디서부터나 재생이 가능하다. 셔플 연주도 가능하고 일부 구간을 반복할 수도 있다.

고요한 눈, 충만한 침묵.

하지만 그의 머릿속에서는 풍부한 음량으로 음악이 흐르고 있다.

그의 눈에 떠올라 있는 것은 희열일까? 황홀일까?

문득 그가 부러워졌다.

먼 나라에서 와 도쿄 한구석의 조용한 콘서트홀 로비에서 혼자 편안하게 만족스러운 기분을 맛보고 있는 그가.

정보 중독, 혹은 중독되다 못해 정보 결식이 된 현대사회.

누군가가 어딘가에서 이득을 보고 있는 게 아닌가, 자기만 뒤

처져 손해를 보고 있는 게 아닌가 하고 갈증과 초조감에 시달리는 세계. 그런 과도한 정보의 바다에서 조난당한 세상 사람들과는 달리 홀로 풍요로운 세계에서 놀고 있는 듯 보이는 그가, 진심으로 샘나고 부러웠다.

콘서트홀 안에서는 연주를 하고 있다. 연주하는 쪽도, 듣는 쪽도 바깥 세상과 차단된 세계에서 음악에 젖어 있다.

하지만 홀에서 한 발짝 나오면 무대에서 내려온 연주자도, 객석에서 나온 관객도 곧바로 휴대전화를 켠다. 이제는 외부와 차단되지 않는 한 음악에 빠지는 것조차 불가능한 것이다.

메시지 수신음에 움찔했다.

정보의 노예라는 의미에서는 나도 다를 바 없다.

쓴웃음을 지으며 답신을 쓰기 시작했다.

사흘째쯤 되니 이제 그의 모습은 콘서트홀의 설비처럼 느껴졌다.

변함없이 손님이 그렇게 있는 것 같지는 않았다.

남자는 가만히 다가가 조심스레 악보를 구경하는 손님을 여전히 태연하게, 불상 같은 미소를 띠며 바라볼 뿐, 적극적으로 권하는 눈치는 눈곱만큼도 없었다.

"어제는 팔렸어요?"

"아, 목격자가 여럿 있었어요. 사는 사람이 꽤 있었나 보던데요."

스태프와의 대화도 어느새 일과가 됐다.

"오늘은 다른 셔츠를 입었네요."

"정말이네. 어제 입은 셔츠하고 색깔만 다른 거 아닌가요?"

남자에게 관심을 둔 사람은 꽤 많은지, 대량으로 악보를 구매하는 손님을 아무개 씨가 봤다던데요, 라고 했다.

"악보 출판사 사람일까요?"

"그건 모르겠어요. 저희도 바빠서 말을 걸 기회가 영 없어서요."

뭐 어떤가.

나는 그런 생각을 했다.

그래, 그는 이제 풍경의 일부였다.

음악을 하는 장소에 항상 있는 '악보를 파는 남자'라는 이름의 오브제. 그의 모습 자체가 '음악을 하는' 풍경의 상징. 명예 오브제처럼 전세계를 여행하며 전시된다.

남자 앞에 금속 플레이트가 놓여 있는 장면을 상상했다.

나는 싱글싱글 웃으며 그 모습을 바라봤다.

토요일 오후 공연이라 서서히 손님이 늘었다.

그래도 '악보를 파는 남자' 주변만은 불가사의한 정적과 자족

감에 싸여 있었다.

　나흘째, 이벤트 마지막 날.
　콘서트홀은 성황을 이루었다.
　나는 이벤트에 참가한 연주자들의 좌담회를 주관하는 일 때문에 오전부터 시간이 어떻게 지나는지도 모를 만큼 정신없이 지냈다.
　스태프도 뒷정리를 시작해 눈 깜짝할 새에 해 질 녘이 됐다.
　점심 먹을 겨를도 없이 고속 재생처럼 바쁜 하루를 보내고 겨우 템포를 늦춰 차분히 호흡할 수 있게 됐다. 로비에서 다시 사진을 확인하며 뭔가 질문해둘 것, 촬영해둘 것이 남아 있지 않나 생각하고 있을 때였다.
　문득 남자가 움직이는 게 시야 한구석에 보였다.
　그는 악보를 치우고 있었다.
　테이블 위를 정리하고 악보를 포개 비닐에 넣어서 캐리어에 담았다.
　어쩐지 그가 움직이는 모습을 처음 보는 것 같아 막연히 바라봤다.
　그래, 그도 떠나는 것이다. 다음은 중국에 간다고 했던가. 테이블 위의 악보는 꽤 줄어든 듯 보였다. 다행이다. 첫날은 어쩌려나 싶었는데 그래도 꽤 팔린 모양이다.

쓸데없는 오지랖이지만 재고 보충은 어떻게 하는 걸까 궁금해졌다. 각 나라에 미리 보내두는 걸까.

의자를 접어 테이블 밑에 눕혔다. 의외로 꼼꼼한 성격이라는 것을 이제 와서 깨달았다. 그러고 보니 테이블 위 악보도 늘 가지런히 놓여 있었다.

그는 캐리어를 들고 스태프에게 다가가 화기애애하게 담소를 시작했다. 그가 이야기하는 모습도 그러고 보면 처음 보는 것 같았다.

대화를 하는 그의 인상은 의외로 서글서글하고 꾸밈없었다.

윗주머니에서 스마트폰을 꺼내 손가락으로 가리키며 고개를 갸웃했다.

이윽고 그는 "바이" 하고 손을 흔들며 떠났다.

그를 배웅하는 스태프에게 말을 걸었다.

"수고 많으십니다. 악보가 꽤 팔린 것 같아서 다행이네요."

그녀가 돌아보며 "아, 네" 하고 웃었다.

"네, 어제오늘 많이 팔렸대요."

"그럼 일본에 온 본전은 뽑았겠어요."

"도쿄에서 별별 일이 다 있었지만 악보가 팔려 다행이라고 하던데요."

"별별 일?"

내가 묻자 그녀는 쓴웃음을 지었다.

"도쿄에 온 직후에 스마트폰을 떨어뜨리는 바람에 고장 났대요. 바로 수리하러 보냈는데 완전히 고치지는 못했다나요."

"그랬군요. 그래서 스마트폰을 안 본 거였네요."

윗주머니에서 스마트폰을 꺼내 고개를 갸웃하는 모습이 눈앞에 떠올랐다.

"게다가 첫날 저녁에 주점에서 조개를 먹고 식중독에 걸리는 바람에 내내 배가 아파서 식사를 즐길 수 없었대요. 뭘 먹어도 설사가 나니까 거의 금식 상태라 되도록 움직이지 않았다고요."

"설마."

나는 어안이 벙벙했다.

그 조용한 눈이. 심원한 침묵이.

설사 때문이었다는 말인가.

아니, 그래도 악보는 팔렸다. 그의 음악은, 훌륭한 곡은, 분명히 팔렸다. 본래 목적은 달성할 수 있었다.

"게다가 그 사람, 친구 대신 아르바이트로 온 거래요. 저래봬도 아직 이십대라던데요. 너끈히 마흔은 됐을 줄 알았는데."

내 망상 따위 알 리 없는 스태프는 명랑하게 말을 이었다.

"고생하셨네요, 도쿄에 조금은 좋은 기억을 갖고 돌아가시면 좋겠는데요, 라고 했더니, 스마트폰은 망가졌고 움직이지 못해서 힘들었지만, 차분하게 석사 논문을 구상할 수 있었던 덕에 심심하진 않았고 시간도 유익하게 보냈다고 하더라고요."

"석사 논문요?"

"경영학인지 뭔지 그쪽 논문이래요. 대학원생이라던데요. 클래식은 하나도 모른다고요. 악보도 못 읽는다고 쓴웃음을 지었어요."

악보를 파는 남자.

이 순간, 그건 정말로 내 망상 속에만 존재하는 명예 전시가 되고 말았다.

구골나무와 태양

오늘 하세베의 저녁은 '일본의 향토 음식 시리즈 아키타 현'이었다.

단조로운 생활에 조금은 서프라이즈를 주려는 건지, 레토르트 파우치는 겉만 봐서는 뭐가 들었는지 알 수 없게 되어 있었다.

옆에서 스트레칭을 하던 요시다가 하세베가 든 것을 보고 "오, 아키타 현인가요"라고 중얼거렸다.

"넌 어디였어?"

발열을 위한 끈을 당겨 저녁을 데우면서 요시다에게 묻자 "아이치 현이었습니다"라고 대답했다.

요시다는 좁은 굴 안에서 재주 좋게 몸을 접으며 차례대로 여기저기 근육을 늘리고 있었다. 지금은 아킬레스 힘줄이다.

"아이치 현은 뭔데?"

"장어 덮개입니다."

"장어 덮밥이겠지."

이 전투 식량은 데워도 최대한 김이 나지 않게 만들어져 있다. 물론 야외에서 눈에 띄지 않게 하기 위해서다.

'아키타 현'에 든 것은 밥 꼬치였다.

대학 때 친구 중에 아키타 현 출신이 있었다. 그의 하숙에서 밥 꼬치 전골을 얻어먹은 적이 있어 아는데, 밥 꼬치는 냄비에 넣으면 국물을 빨아들여 부쩍부쩍 커진다. 서둘러 먹지 않으면 냄비가 밥 꼬치로 그득해지는 사태가 벌어진다.

하세베는 원래 빨리 먹는 편이지만 이 초소 당번이 되면서 더 빨라졌다. 눈앞의 밥 꼬치는 작은 사이즈였지만, 따뜻한 토종닭 국물을 흡수해 거대해지기 전에 얼른 먹었다.

몸이 따뜻해지고 맛도 꽤 훌륭했다. 배도 쉬이 꺼질 것 같지 않다.

만족하며 다시 한 번 라벨의 표시를 읽어봤다.

혹시 '일본의 향토 음식 시리즈'는 일본의 47개 행정 구역에 맞춰 47종류 있을까.

"이거 도쿄 도도 있나?"

"글쎄요. 아직 본 적은 없는데요."

요시다가 고개를 갸웃했다.

"도쿄 향토 음식은 뭐지?"

"에도마에 초밥이라든지?"

"레토르트로는 무리지."

"아니면 메밀국수?"

"그것도 어려울 것 같군."

"잘 생각해보니까 현마다 뭘 선택했는지 궁금한데요. 홋카이도라면 게도 있고 감자도 있고 옥수수도 있고 임연수어도 있고요. 아, 합해서 크로켓을 만드는 수도 있겠는데요."

"물밑에서 입찰 경쟁이 치열하겠어."

교대로 이른 저녁을 먹고 둘이 다시 자리로 돌아왔다.

나무가 듬성듬성한 숲은 있지만 그 외에는 허허벌판이다.

바람이 불지 않아 다행이었다.

"그러고 보니까 오늘은 공휴일이었군요."

요시다가 퍼뜩 생각난 것처럼 말했다.

이곳에 온 뒤로 요일 감각이 없어졌다. 하물며 공휴일 평일은 더 말할 것도 없다. 하지만 오늘이 공휴일이라는 것은 하세베도 기억하고 있었다.

"동지 축제야. 일양내복一陽來復이란 거지."

"그게 뭡니까?"

요시다가 어리둥절한 얼굴로 물었다. 처음 듣는 단어라면 의미를 모를지도 모르겠다.

"들어본 적 없어? 앞으로 나날이 해가 길어진다는 뜻이야."

"저런, 그런 말이 있군요. 선배 유식하신데요."

요시다가 존경 어린 눈길로 쳐다봤다.

요시다는 굳이 따지자면 나이 들어 보이는 얼굴이라 연령을 의식한 적이 별로 없었지만 이렇게 보면 아직 앳되다. 어쩌면 열 살 이상 차이가 날지도. 하세베는 자신이 노인네가 된 기분이 들었다.

"그건 아니고."

하세베는 자신의 손바닥을 향해 입김을 후 불었다. 입김이 하였다.

장갑은 꼈지만 그래도 가만히 있으면 손가락이 곱았다.

겨울 해는 눈 깜짝할 새에 저물기 시작했다.

기온은 이미 내려가고 있었지만 햇빛이 사라지면 단숨에 뚝 떨어질 것이다.

"그나저나 이상하군요. 올해 동지는 12월 22일이잖습니까? 그보다 동지는 원래 매년 그 무렵이죠. 어째서 당일에 하지 않는 거죠? 왜 12월 25일에 하는 겁니까?"

요시다의 눈빛은 진지했다.

"그런 건 생각도 안 해봤는데."

그게 하세베의 솔직한 심정이었다.

공휴일은 일요일이 아닌 쉬는 날이라고만 생각했다. 솔직히 유래 따위 아무래도 상관없었다. 어른이 되면서 직장 일이 바빠 연말에 영업일이 하루 줄어드는 게 귀찮다고 생각한 적은 있었다. 그렇지만 사회에 나온 뒤로도 왜 그날이 휴일인지 생각해본 적은 없었다.

"게다가 하지는 공휴일이 아니잖아요. 왜 동지는 공휴일인 겁니까?"

요시다의 소박한 의문은 이어졌다.

"아니네요." 그는 다시 말했다. "오히려 어째서 하지는 공휴일이 아닌 걸까요? 춘분하고 추분도 공휴일인데 왜 하지만 왕따 취급이죠?"

보아하니 하지가 따돌림당하는 것에 대해 의분을 느끼는 모양이다.

"춘분하고 추분은 요는 성묘를 가는 시기잖아. 성묘라는 휴일인 거야."

하세베는 생각하며 대답했다. 방금 전 '유식하다'라는 말을 들은 이상, 뭔가 설명해야 했다.

"동지는 제일 경사스럽지. 태양 신앙은 가장 오래된 신앙의 형태니까. 그날을 경계로 태양이 부활하는 동지는 전세계에서 축하해왔어. 반면 하지는 그때부터 해가 짧아진다고 생각하면 서운하거든. 별로 경사스럽지 않으니까 축하할 마음이 안 드는 게 아닐까."

스스로 생각해도 참 서툰 설명이다 싶다. '서운하거든'은 아무 설명이 못 된다. 어린애도 아니고. 하지만 하세베는 그 외에 다른 이유가 생각나지 않았다.

아니나 다를까 요시다도 석연치 않은 표정이었지만 어쨌거나 연상의 낯을 세워주는 건지 불만을 표하지는 않았다.

"전 어렸을 때 동지 축제가 납득이 안 되더라고요." 요시다는 고백하듯 중얼거렸다. "애초에 뭐냐고요. 그 새빨간 옷을 입은 노인은. 그거 동지하고 상관 있습니까?"

"분명 태양의 상징이겠지. 일본에서 예로부터 축하하는 환갑•하고 습합된 거라는 설도 있는데."

"그럼 왜 양말에 흙을 넣어서 덤벼드는 건데요? 그것도 태양하고 무슨 상관이 있는 겁니까?"

"나마하게•• 같은 거겠지. 역시 토속적인 것하고 엮인 거야.

• 일본에서는 환갑에 붉은 두건과 저고리를 선물하는 습관이 있다
•• 일본 아키타 현의 축제. 가면을 쓴 도깨비가 집집마다 찾아다닌다

어쩌면 칠복신의 영향도 있을지 모르겠군. 호테이 님이라든지,
주로진壽老人이라든지."

솔직히 말해서 하세베도 예전에는 요시다 같은 의문을 가진
적이 있었다.

빨간 옷을 입고 흰 자루를 맨 노인이 동지 축젯날 밤에 집에
침입한다는 습관은 너무나도 부조리하고 무섭게 느껴졌다.

아멘惡面! 아멘!
나쁜 아이 게 있느냐!

그렇게 외치며 찾아오는 산타三田라는 이름의 노인은, 실은
삼대에 걸쳐 논밭을 비옥하게 해주는 고마운 내방신來訪神이라
는 이야기를 할머니에게 들었을 때는 얼마나 놀랐는지 모른다.
양말에 담은 흙은 비옥한 토지를 상징한다고 한다.

그렇지만 '아멘'이라고 외치는 소리는 그저 무섭기만 했다.
그 소리를 들었을 때 심장이 쭈그러드는 느낌은 지금도 가슴에
들러붙어 있다.

그렇다고 때릴 것까진 없잖아.

하세베의 집에서 '산타' 역은 매번 외할아버지가 맡았다. 외
할아버지는 늘 몸을 가누지 못할 만큼 취해 '산타'를 연기하는

터라 흙을 가득 채운 양말로 맞으면 다소 위험했다. '산타'에게
맞는 것은 행운이라 여겨지고 대개는 알아서 살살 때리는데, 가
끔씩 진짜로 때릴 때가 있었다. 한번은 무슨 불만이라도 있었는
지 하세베의 아버지를 작정하고 때리는 바람에 화가 난 아버지
와 난투가 벌어진 적이 있다. 그때는 경찰까지 출동하는 소동이
벌어져 동지 축제는 어느새 잊히고 말았다.

"현관에 구골나무를 엮어 만든 둥근 고리를 장식하는 건요?"

요시다의 의문은 이어졌다.

"액막이겠지. 절분에도 정어리 대가리와 구골나무를 장식하
잖아."

"그런데 산타는 집에 침입하는 게 좋은 거 아닌가요? 어째 모
순되는데요. 들어오라고 했다가 들어오지 말라고 했다가."

"습합이란 건 원래 그런 거야. 그 지역 풍습하고 섞여서 기원
을 알 수 없게 된 거겠지."

"실은 저희 어머니가 고등학교 역사 선생님이시거든요."

요시다는 누구 듣는 사람이 있는 것도 아닌데 목소리를 낮추
었다.

"그래? 처음 알았네."

하세베도 덩달아 소곤소곤 답했다.

"어머니가 그러는데, 동지 축제엔 수수께끼가 많대요. 원래는

서양 행사였던 게 일본에 침투한 거라는데요."

"용케 그런 자료를 입수하셨군. '재쇄국' 전 일은 알기가 쉽지 않은데."

"아, 이건 비밀입니다. 저희 조상은 예전에 '오타쿠'라고 하는 언더그라운드 연구자였던 모양이거든요. 그래서 집에 대대로 전해져 내려오는 자료가 있어요."

"어이, 그거 괜찮은 거야?"

"괜찮습니다. 학술 목적이니까요."

두 사람은 한층 목소리를 낮추었다.

"저도 장차 대학으로 돌아가서 어머니 뒤를 이어 저희 집 자료를 연구할 생각입니다."

"너 역사학과 학생이었어?"

"네. 병역을 얼른 마쳐두려고요."

"그래. 그것도 좋겠지. 나처럼 직장에서 좌천된 걸 계기로 오는 것보다야 훨씬 나아. 뭣보다 난 회사로 돌아가봤자 자리가 있을지."

하세베의 눈빛이 아득해지는 것을 보고 요시다가 거북한 듯 시선을 돌렸다.

이윽고 요시다가 얼굴을 들고 말했다.

"아까 하던 이야기로 돌아가자면, 어머니 말로는 12월 25일의 동지 축제는 원래 더 오싹한 느낌이었던 모양입니다."

"오싹한 느낌이라니?"

하세베는 저도 모르게 물었다.

태양의 부활을 축하하는 동지 축제와 '오싹한'이라는 말이 어울리지 않았기 때문이다.

"그러니까 저…… 이단이라고 할지, 밀교 계통이라고 할지. 어머니는 '사교邪敎'란 단어를 썼는데요."

요시다는 말하기 껄끄럽다는 표정을 지었다.

"사교라고? 동지 축제가?"

점점 더 영문을 모르겠다.

"그게 저…… 기록에 따르면 옛날 일본에선 12월 25일 전날에 값비싼 공물을 바치는 습관이 있었던 것 같거든요."

"공물? 떡 같은 게 아니라?"

"네. 금, 은, 백금 등 보석이나 귀금속 종류인데요. 이런 걸 구입해서 그날 밤 남녀가, 그, 의식을 거행하는 모양이라……."

"의식? 무슨 의식?"

"저, 성교라고 할지, 교접이라고 할지."

하세베는 순간 어안이 벙벙했다가 이내 웃음을 터뜨렸다.

"어이쿠, 이럼 안 되지."

자기 입을 막고 주위를 두리번거렸다. 물론 개미 새끼 한 마리 없는 텅 빈 들판이었다.

"오랜만에 들었군, 그 단어. 나이도 젊은데 용케 그런 단어를 아네."

"예에."

요시다는 쓴웃음을 지었다.

하세베는 팔짱을 끼었다.

뇌리에 불을 피운 동굴에서 벌거벗은 남녀가 뒹굴고 있는 주지육림의 광경이 흐릿하게 떠올랐다. 아닌 게 아니라 사이비 종교 같은 이미지다.

"흠. 예전엔 이날 다들 생식에 힘쓰고 있었단 말이지. 어쩌면 이날 힘쓰면 애가 생긴다는 신앙이 있었을지도 모르겠군."

동지를 경계로 태양의 힘이 부활한다. 자손 번영을 위해 그 힘을 빌리려 하는 것은 지극히 자연스러운 생각일 듯하다.

"그럴지도 모르죠. 하지만 어머니 말투로는 다소 상궤를 벗어난 신앙이었던 것 같거든요. 특히 20세기 말엔 종말 사상도 거들어서 공물을 더 많이 바쳤다나요. 그러면서 서양에서 뭔가 이단 신앙이 들어온 게 아니겠느냐 하는 겁니다."

"동지 축제란 이름 뒤에 숨어 말이지."

"어머니 생각으로는요."

수수께끼가 더욱 늘었다.

"맞다, '기요히코'란 이름 아세요?"

요시다가 불현듯 얼굴을 들고 하세베를 쳐다봤다.

"기요히코'? 그게 누군데?"

처음 듣는 이름이었다.

"어쩌면 그게 신앙의 대상이었을 가능성이 있다고 어머니가 그러더군요."

"일본 사람이야?"

"모르겠습니다. 하지만 과거엔 그날 밤 모두가 노래를 불렀습니다. 서양에서 들어온 곡인 것 같은데요. 지금은 제목만 남아 있습니다만, 그게 〈기요히코의 밤〉이었다고 하거든요. '기요히코'란 인물을 굉장히 칭찬하는 노래였다나요."•

"저런. 그건 처음 듣는 이야기인데. 태양신을 나타낸다고 하기엔 뉘앙스가 좀 다른 것 같군. 데루히코라든지 히카루라든지 그런 이름을 붙일 것 같은데."••

"제 생각도 그렇습니다. 그러니까 그런 이름을 붙였다는 건, 어떤 특정한 인물이 구체적으로 있고 그 사람을 숭배한 게 아닐까 싶거든요."

• 크리스마스캐럴 〈고요한 밤 거룩한 밤〉의 일본어 제목 〈きよしこの夜(성스러운 아이의 밤)〉의 '성스러운 아이(기요시코)'와 '기요히코'의 발음이 비슷하다
•• '데루' '히카루' 모두 일본어의 '빛'과 관련된 어휘

"재미있군. 수수께끼의 '기요히코'라."

하세베는 사람이 아무도 없는 텅 빈 들판을 둘러봤다.

그렇게까지 민중이 숭배한 인물은 대체 어떤 사람이었을까.

'기요히코'라는 이름의 느낌으로는 온화한 얼굴의 일본 사람
이 연상된다.

그런데 얼굴 부분은 흐릿했다.

기요히코. 淸彦라고 쓸까. 아니면 紀世彦?

'きよ彦'라고 한자와 히라가나를 섞어 쓸지도 모르겠다.

"저, 제 추리를 들어보시겠습니까?"

요시다가 정색하고 중얼거렸다.

"그럼."

하세베는 고개를 끄덕이고 손목시계를 봤다.

다음 교대 시간까지 아직 많이 남았다.

점점 해가 기울어 주위가 어두워졌다.

불빛이 지상으로 새지 않도록 조심하며 발치의 램프를 켰다.

"전 '산타'하고 '기요히코'가 동일 인물이 아닐까 생각하거든
요."

"뭐?"

하세베는 저도 모르게 소리쳤다가 허둥지둥 입을 막았다.

"그건 또 왜? 그런 할아버지하고 '기요히코'가 같은 인물이라

고? 그 말은 그럼 '기요히코'가 늙어서 '산타'가 됐다는 뜻?"

"아뇨, 그런 게 아닙니다."

요시다는 즉각 부정했다.

"그럼 동일 인물이라고 할 수 없잖아."

하세베의 지적에 요시다는 다시 고개를 흔들었다.

"제가 하려는 말은 '기요히코'와 '산타'가 같은 인물을 나타낸다는 겁니다. 같은 인물을 보고 어떤 시대 사람들은 그걸 '기요히코' 같은 사람이라고 생각했고 또 다른 시대 사람들은 '산타'라고 생각했다는 거죠."

"같은 이야기 아닌가?"

"좀 다릅니다."

"미나모토 요시쓰네가 칭기즈 칸이 된 거하곤?"

"아, 그쪽이 오히려 더 가까울 수도 있겠네요."

요시다는 가볍게 고개를 끄덕이고는 앞을 본 채 이야기를 시작했다.

"그게 어디서 시작됐고 어디서 온 신앙인지는 모릅니다. 그저 원래 강렬한 카리스마성을 가진 인물이 있었다, '기요히코'란 이름이 가리키듯 정결하고 아우라가 있는 인물이 있었다, 그런 생각입니다. 그 인물 주변에 사람들이 모여들기 시작하면서 이윽고 집단을 이루었습니다. 그야말로 태양 같은 사람이었겠죠."

요시다는 긴장한 표정으로 잠깐 헛기침을 했다.

십중팔구 처음으로 남에게 그 가설을 이야기하는 것이리라.

요시다가 주위를 둘러봤다.

황량한 벌판이지만 마치 그곳에 눈에 보이지 않는 청중이 있는 듯했다.

"그 인물을 중심으로 집단이 생성됩니다. 규모가 어느 정도 커지면서 아마 그 지역에서 무시할 수 없는 세력을 갖게 됐겠죠. 당연히 주변과 마찰이 일어났을 겁니다. 당시 권력자들에게 박해를 받기도 하지 않았을까요."

하세베는 어둠 속에 귀 기울여 듣는 사람들이 보이는 듯했다.

요시다는 담담히 말을 이었다.

"특정 종교가 토속 종교와 습합한다는 건 세계 곳곳에서 있었던 일일 겁니다. 일본도 신도와 불교뿐 아니라 옛 민간 신앙까지 섞여서 오늘에 이르렀죠. 하지만 제 생각에 '기요히코'가 동지 축제와 습합한 이유는 하나밖에 없을 것 같거든요."

"그게 뭔데?"

하세베는 조심스레 물었다.

"아마 그 인물은 죽었다가 부활한 게 아닐까 생각합니다."

"뭐?"

하세베는 입을 딱 벌렸다.

요시다는 가볍게 웃으며 손을 내저었다.

"물론 정말 부활했는지 아닌지는 모르죠. 물리적으로 그런 일이 일어나는지 아닌지는 알 수 없습니다. 하지만 가사 상태였던 사람이 부활한 사례는 예로부터 많았고, 결코 엉뚱한 발상은 아니라고 생각합니다. 아무튼 사실인지 아닌지는 둘째 치고 '기요히코'는 죽었다가 부활했습니다. 그렇게 여겨졌습니다. 또는 그런 사실이 사람들에게 널리 알려져 있었습니다. 그것만으로 충분한 겁니다. '기요히코'='부활'이란 이미지가 침투해 있었다면."

"아하."

하세베는 요시다가 무슨 말을 하려는지 막연히 알 것 같았다.

요시다의 뺨이 홍조를 띠었다.

이야기하는 사이에 흥분한 모양이다.

"그런데 현실 세계에 '기요히코' 비슷한 자연 현상이 있죠. 네, 동지입니다. 태양의 부활이죠. 세계의 중심인 존재가 힘을 되찾는다. 서양의 위도가 높은 곳에선 일본보다 훨씬 밤이 기니까 태양의 부활을 보다 절실하게 열망했을 테죠. 다시 말해 '기요히코'는 이중의 의미로 태양에 비유된 겁니다."

처음에는 머뭇거렸던 그의 목소리에 점점 힘이 실렸다.

"그러니까 제 생각에 12월 25일은 '기요히코'의 생일이 아니었을까 싶거든요. 그게 어느 쪽 의미로 '태어난' 건지는 모릅니다. 말 그대로 세상에 태어난 날이었을 수도 있고, 죽었다가 '부활'한 날이었을 수도 있습니다.

어쩌면 꼭 이날이 아니어도 상관없을지 몰라요. 동짓날을 전후하는, 동지를 연상시키는 날이라면 어느 날이든 상관없었습니다. 아아, 이날 그분이 태어나셨구나, 그분도 이날 부활하셨구나, 하고 사람들이 생각하면 됐습니다. 오히려 동짓날과 정확히 겹치지 않는 편이 더 나았을 수도 있습니다. 동지와 겹치면 '기요히코'의 생일은 동지에 가려져 주목을 받지 못할 테죠. 그러느니 동지는 동지대로 축하하고 이날은 '기요히코'만을 축하하는 날로 정하는 겁니다. 그편이 오래도록 전해 내려가기엔 더 효과적이에요.

그렇게 해서 '기요히코'와 동지는 하나로 합쳐져서 널리 오랫동안 사람들 기억에 남게 됐습니다. 12월 25일을 '기요히코'의 생일로 정한 사람들의 의도는 보기 좋게 성공한 셈입니다.

'산타'가 언제 등장했는지는 몰라요. 원래 '산타'는 아까 하세베 씨가 말씀하신 것처럼 태양신의 상징이었을 겁니다. 빨간 의상을 입었고, 사슴을 타고 하늘을 난다는 전설도 있었던 것 같으니까 하늘을 이동하는 태양을 나타냈겠죠. 이건 '기요히코'하곤 별개의, 그 지역에 있던 동지의 상징이었다고 보입니다. 하지만 '기요히코'가 동지와 하나로 합쳐졌다는 건, '기요히코'는 '산타'하고도 하나로 합쳐졌다는 뜻이 되거든요. 이윽고 서양에서도 '기요히코'와 '산타'의 이미지는 분간이 안 될 만큼 하나가 됐을 겁니다.

'기요히코' 신앙은 흘러흘러 동양의 나라, 일본에까지 왔습니다. 물론 '기요히코'와 동지 축제는 일본에도 하나로 합쳐진 모양새로 들어왔죠. 그 뒤 나마하게나 모내기 신 같은 일본의 토착 민속 신앙과 '기요히코' 및 동지 축제가 차츰 습합된 겁니다.

과거 일본에서 남녀가 '기요히코'의 생일 전날밤에 생식에 힘쓴 건, '기요히코'의 아이를 바라는 마음이 근본에 있지 않았을까요. '기요히코'가 되고 싶다. '기요히코'의 자손을 늘리고 싶다. 그런 바람이 있었던 겁니다.

자손을 늘리고 싶다는 바람은 곧 풍요를 바라는 마음과 같습니다. 논밭에 씨를 많이 뿌려 결실을 맺게 하고 싶다, 작물의 아미를 잔뜩 늘리고 싶다는 바람이죠. 게다가 일본 사람은 대부분이 농민이었으니까 누구나 갖고 있는 소원이었겠죠.

그때부터 일본인은 호테이 님이나 다이코쿠 님, 주로진 같은 복신과 '산타'를 중첩시키기 시작합니다. '기요히코'와 태양신 양쪽을 상징하는 '산타'에 일본의 복신이 습합되는 거죠. 그건 긴 세월을 거쳐 완성됩니다. '산타'라는 이름을 생각해보세요.

삼대가 이어지는 많은 논이란 뜻으로 '三田'란 한자를 쓰지만, 많이 낳는 '産多'란 한자를 쓸 수도 있거든요. 완전히 일본 사람이 바라는 신이 된 겁니다.

전 '산타'가 양말에 흙을 넣어 사람들을 때린다는 행위는 십중팔구 일본에서 생겨난 관습이 아닐까 생각합니다. 흙을 넣은 양말은 번개를 나타낸다는 생각이 들어서요."

"번개?"

줄곧 집중해서 듣고 있던 하세베는 거기서 저도 모르게 되물었다.

요시다는 하세베를 돌아보며 고개를 끄덕였다.

흥분과 자신으로 가득한 얼굴.

"네. 일본에선 번개를 稲妻라고도 쓰죠. 왜 '벼稲의 아내妻'라고 하느냐 하면, 일본에선 뇌우가 잦은 여름철에 벼가 익기 때문입니다. 다시 말해 번개가 땅에 꽂혀 대지를 잉태하게 하면서 작물이 열린다고 생각한 겁니다. 그러니까 '산타'가 손에 든 건 번개고, 사람들을 때리는 행위로 작물이 열리게 합니다. 그래서 그런 습관이 생겨난 거겠죠.

바꿔 말하면 일본에서 '산타'는 태양인 동시에 풍요의 신이 됐다는 뜻입니다. 원래는 '기요히코'였어도요."

요시다는 크게 한숨을 쉬었다.

"이상이 제가 생각한 12월 25일이 공휴일이 된 이유입니다."

하세베는 가볍게 박수를 쳤다.

그때까지 당당했던 요시다가 갑자기 정신이 든 것처럼 겸연쩍어하며 얼굴을 새빨갛게 붉혔다.

주뼛주뼛 주위를 둘러보며 "제가 창피한 짓을 했죠"라고 중얼거렸다.

"웬걸, 재미있었어."

하세베는 요시다의 흥분이 옮은 것처럼 자신의 얼굴도 상기된 것을 깨달았다.

기온은 점점 내려가고 있을 텐데 몸이 안쪽에서부터 후끈거렸다.

"그래, 오늘은 '기요히코'의 생일이란 말이지. 동지 축젯날이 아니라."

하세베는 혼잣말처럼 중얼거렸다.

"아, 교대할 사람이 왔네요."

요시다가 멀리서 다가오는 차를 발견했다.

조명은 켜지 않았다. 적외선카메라로 지면을 보는 것이다.

조금 떨어진 곳에서 차에서 내려 교대할 두 사람이 다가오는 게 보였다.

"수고 많으셨습니다. 국경 경비 감시, 교대하겠습니다."

참호에서 나와 경례했다.

낮은 목소리로 인사를 주고받았다.

메리 쿠루슈마시滅理 来衆盆し!

메리 쿠루슈마시!

요시다가 어안이 벙벙해서 하세베를 바라봤다.

교대하는 두 사람이 참호로 들어가는 것을 지켜본 뒤 차를 향해 걸음을 떼자, 요시다가 귓속말로 물었다.

"방금 그 인사말, 뭐라고 하신 겁니까?"

"아, 그거. 오늘만 하는 인사야. 옛날부터 쓰던 말 같던데."

하세베는 공중에 한자로 썼다.

"언제나 하늘에서 빛나며 오늘을 경계로 더욱 반짝이게 될 태양처럼 어려운 설법은 빼고 중생에게 이익이 찾아들도록, 이라는, 불교 한 스님의 은혜로운 말씀이라나."

"그래요?"

요시다는 감탄한 듯 고개를 끄덕였다.

"하세베 씨, 메리 쿠루슈마시!"

하세베도 같은 말로 답했다.

"요시다, 메리 쿠루슈마시!"

차에 올라탄 두 사람은 숙사를 향해 출발해, 그새 완전히 어두워진 초원을 일직선으로 달려 이윽고 사라졌다.

첫
꿈

YOKOHAMA.

O, O, A, A로 이어지는 모음의 어감.

그 이름을 반복해서 중얼거리다 보면 왜 그런지 작은 쪽매붙임 상자가 생각난다.

'요코하마ヨコハマ'라는 글자에 '상자ハコ'가 들어 있기 때문일까.

작은 상자를 흔들어본다. 안에 뭐가 들었는지 달그락달그락 메마른 소리가 나는데, 확인해보고 싶어도 상자를 열 수 없다. 특정한 조작으로만 열리는 퍼즐식 상자인 듯하다.

그래, 아닌 게 아니라 요코하마는 퍼즐 상자다. 생김새는 아름답고 표면은 매끄럽다. 그렇지만 안에는 수수께끼가 가득하고 어디에 문이 있는지 알 수 없다.

'우리'는 요코하마에서만 교차했다. 어느 한쪽이 요코하마에 있을 때가 아니면 '그것'은 일어나지 않았다. '그것'에 대체 어떤 이유가 있었는지, 어떤 원리였는지 지금에 와서는 알 수 없다.

'우리'는 그것을 단순히 '꿈'이라고 불렀는데…… 그도 그것을 '꿈'이라 부른 것은 우연이었다. 확실히 '꿈' 말고는 달리 형용할 길이 없었다.

언제부터 시작된 걸까.

기억을 떠올려보려고 하는데 잘 생각나지 않는다. 어렸을 때였던 것도 같고, 의외로 최근이었던 것도 같다.

아니, 역시 어렸을 때부터 시작된 것 같다.

나는 공상을 좋아하고 혼자서 잘 노는 아이였다.

그리고 종종 '그것'이 일어났다.

지금도 잘 설명할 수 없는데 이따금 어디 다른 곳의 풍경이 또렷이 떠오르는 것이다.

시야 가득히 풍경이 나타난다.

마당에서 놀고 있어도 방에 있어도 눈앞에 펼쳐진다.

잘은 몰라도 어딘가 바다에서 가까운 곳 같았다.

멀리 커다란 배 같은 물체가 보이거나 바다가 얼핏 보인 적도 있기 때문이다.

앗, 바다다. 바다네.

내가 느닷없이 그렇게 소리치면 부모님은 깜짝 놀라곤 했다. 공상에 푹 빠진 나머지 현실과 분간하지 못한다고 생각한 모양이다.

그건 생각지도 않았을 때 떠오른다. 굳이 따지자면 뭔가에 집중할 때보다 멍하니 있을 때 일어났다.

앗, 대관람차다. 참 크네.

그런 풍경이 눈앞에 떠올라 탄성을 지른 적이 있다.

가족들과 전철을 타고 있었을 때라 다들 황급히 밖을 봤지만, 평범하게 건물들이 늘어선 곳이라 모두 이상하다는 듯 나를 봤던 게 기억난다.

부모님도 서로 마주 보고는 섬뜩하다는 얼굴로 나를 봤다.

그런 일이 여러 번 반복돼 병원에 간 적도 있었다. 물론 어디에도 이상은 없었고 '그런 풍경이 보인다'고 말해도 믿어주지 않았다.

지금 생각하면 허언증이라고 의심했을 것이다. 아무도 내가 실제로 '본' 것을 말한다고 생각하지 않았다.

아닌 게 아니라 나도 아이가 그런 이야기를 하면 믿지 않았을 것이다.

이윽고 그 이야기를 하면 부모님이 불안한 표정을 짓는 게 싫어서 점점 입 밖에 내지 않게 됐지만, 그래도 이따금 '그것'은 일어났다.

내가 아무 말도 하지 않게 되자 부모님은 '나았다'고 안도한 듯했지만, 사실은 성장할수록 영상은 점점 선명해졌다.

게다가 전에는 아주 잠깐, 기껏해야 이삼 초 계속됐을 뿐인데 중학교에 올라왔을 무렵에는 조금 더 오래 보였다.

어느 날 학교 끝나고 오는 길에 본 것은 지금도 똑똑히 기억한다.

기이한 건물이 갑자기 눈앞에 떠올랐다.

이게 뭐지?

외관이 너무나도 기이해 멈춰 서고 말았다.

비탈길 중간에서 내가 느닷없이 멈춰 서는 바람에 뒤를 걷고 있던 다른 학생이 "앗" 하고 놀라 소리치며 부딪친 게 기억난다.

그런데도 내가 움직이지 않으니 투덜거리며 나를 앞질러 갔다. 나는 눈앞에 떠오른 광경에 정신이 팔려 있었다.

낡은 석조 건물이었다. 폐허인 듯 뭐라 형언할 수 없는 허무감이 감돌았다.

경마장이 있었던 곳이라는 것을 나중에 알게 되는데, 건물의 외관이 강렬한 인상을 남겼다.

그리고 그때 직감했다. 내가 보는 게 뭔지를.

이상하게도 실은 그때까지 뚜렷이 생각해본 적이 없었다.

내가 거짓말을 하는 게 아니라는 것은 알고 있었거니와 나는 분명히 다양한 풍경을 정말로 '본다'고 알고 있었지만, '그것'이 대체 뭔지 깊이 생각해본 적은 없었다. 아마 내가 정상이 아니라는 것을 인정하기가 두려웠을 테고, 동시에 오랫동안 당연하게 '그것'을 경험해온 터라 머리로 생각하기 이전에 익숙해졌을 것이다.

그러나 이때 나는 처음으로 깨달았다.

내가 보는 것은 누구 다른 사람이 보는 광경이라는 것을.

누가 현실에서 보는 광경이 내 머릿속에 뛰어든다는 것을.

황당무계한 이야기이지만 나는 직감으로 그렇게 깨달았고 그 직감이 옳다는 것을 알고 있었다.

또 하나 직감한 게 있었다. 이 영상을 보는 사람은 내 또래일 게 틀림없다는 것이었다.

십중팔구 그 사람은 나와 같이 성장하고 있을 것이다. 전에 본 영상은 지금 생각하면 어린애 눈높이의, 어린애 눈에 비치는 것이었고 세세한 부분은 빠뜨린 게 많았다. 사물이나 풍경을 확실하게 '볼 수 있게' 되려면 나름대로 시간이 걸리는 법이다.

성장하면서 '그것'은 보다 선명한 영상이 됐을 뿐 아니라 점차 길어졌다. 이 풍경을 보는 사람이 그것을 관찰하고 분석하고 있다는 게 느껴졌다.

그렇다면 이 풍경을 보는 사람은 대체 누구인가?

그다음 든 의문은 당연히 그것이었다.

내 머릿속에 뛰어드는 이 영상은 대체 누가 보고 있는 걸까?

지금까지 본 영상 중에 단서가 없었나 하는 의문이 떠올랐다.

그 뒤로 나는 '그것'이 일어날 때 세부를 관찰하려 노력했다.

그런데 그게 도무지 쉽지 않았다.

애초에 '그것'이 언제 일어날지 예상이 불가능했다. '허를 찌른다'라는 말 그대로 정말 느닷없이 벌어졌다.

게다가 빈도도 그렇게 높지 않았다. 평균해서 두 달에 한 번 있을까 말까 하는 정도일까. 어렸을 때보다 다소 시간이 길어졌다지만 그래도 그렇게 긴 것은 아니었고, 특징 없는 경치도 많아 좀처럼 힌트를 얻을 수 없었다.

그래도 고등학생이 될 무렵에는 '누군가'가 보는 게 요코하마의 경치인 듯하다는 것은 알게 됐다.

거대한 대관람차, 특징 있는 랜드마크 타워, '기린'이라고 불리는 항만 시설의 크레인들.

이 사람은 요코하마에 있다. 이 사람이 보는 것은 언제나 요코하마와 주변 풍경이다.

그렇게 확신할 수 있었던 것은 고등학교 1학년 말경이었을 것이다.

나는 도쿄 북쪽에 살고 있었던 터라 요코하마는 행동 반경에 들어 있지 않았다.

하지만 고등학교 1학년 봄방학에 우연히 학교 친구와 요코하마에 놀러 갔을 때 뭐라 형언할 수 없는 친숙함을 느꼈다.

아아, 이 경치. 본 적이 있다.

아주 오래전부터 이 도시의 풍경을 봐왔다.

그것을 깨닫고 '누군가'가 본 것은 이 도시의 현실 속 풍경이었다고 확신했다.

'꿈.'

나는 '그것'을 그렇게 불렀다.

낯모르는 누군가가 '꿈'이 되어 나를 찾아온다.

그때 비로소 그것은 내 '비밀'이 됐다. 누구에게도 그에 대해 털어놓지 않았고 털어놓으려는 생각도 하지 않았다.

하물며 그 '누군가'와 마주치게 될 줄은 그야말로 꿈에도 몰랐다.

YOKOHAMA.

O, O, A, A로 이어지는 모음의 어감.

그 이름을 반복해서 중얼거리다 보면 왜 그런지 어느 풍경이 눈앞에 보인다.

네모나게 잘린 탁 트인 공간에 바다가 있다. 멀리 회색 수평선이 떠 있다.

이건 그때 본 운하 옆 갤러리의 풍경일까.

거대한 3층 건물 창고를 개조한 갤러리 안은 천장이 높아 휑뎅그렁했다. 공기는 싸늘하고 어렴풋한 긴장감이 감돌았다.

1층 카페는 운하 쪽 문이 활짝 열려 있었다. 원래는 물건을 들이고 내가는 출입구였던 듯, 커다란 슬라이드식 철문은 다양한 색으로 녹슬어 있었다.

나는 그곳이 좋았다. 조금 안으로 들어간 곳에 앉아 멍하니 바깥을 내다보기를 좋아했다.

그곳에서 바다는 보이지 않았지만 바닷바람은 들어왔고 열린 창과 문에서 얼마 멀지 않은 곳에 바다가 있다는 느낌이 기분 좋았다.

어렸을 때부터 나는 기묘한 감각에 사로잡힐 때가 있었다.

그건 종종 산책할 때나 외출할 때 일어났다.

뭐라고 하면 좋을까. 요새 같으면 유체 이탈이라고 하려나. 내가 내 몸에서 빠져나와 어디론가 가버린 것 같은 느낌이었다.

아니, 유체 이탈은 하늘에서 자신을 내려다보는 것 같은 형태일 테니 조금 다르다.

잘 설명 못 하겠는데 멀리 있는 누군가의 안으로 날아가는 느낌이다.

내 몸에서 빠져나와 누군가의 안에 '수신'된다. 그런 상태라고 설명하면 될까.

나는 그 '누군가'가 내가 보는 것을 '수신'한다는 것을 자각하고 있었다. 그 '누군가'가 꼼짝 않고 보는 것을 알 수 있었다.

가끔, 아주 가끔이지만 그 '누군가'가 실제로 보는 게 내 눈에도 보일 때가 있었다.

민들레가 핀 작은 마당일 때도 있고 업라이트 피아노가 있는 방일 때도 있고.

아아, 이 '누군가'는 실제로 존재하는구나. 그렇게 생각했다.

나는 그것을 '꿈'이라고 불렀다.

그녀가 그것을 '꿈'이라고 불렀다는 것은 나중에 알았다. 그녀는 말 그대로 백일몽 같은 그것을 '꿈'이라고 불렀을 것이다. 내 입장에서는 누군가의 '꿈'에 들어가는 것이니 줄여서 '꿈'이라고 한 것이었다.

그녀가 옛 경마장의 '꿈'을 꿨을 때 이야기를 해준 적이 있다.

그건 산책을 좋아하는, 그리고 어떤 것을 조사중이던 내가 우연히 그곳에 갔다가 너무나도 강렬한 인상의 건물을 봤을 때의 일이었다.

마치 악몽 같은 기이한 건물. 보아하니 나는 뭔가에 마음이 움직였을 때 그녀의 '꿈'이 되는 모양이었다.

그녀가 나에 대해 몰랐던 것처럼 나도 내내 그녀에 대해 알지 못했다.

다만 이 '누군가'가 여자애가 아닐까 하는 생각은 들었다. 아주 잠깐 얼핏 보인 '누군가'가 있는 방이나 '누군가'가 보는 것이 여자애 느낌이었기 때문이다.

나는 이게 뭔지 가끔 생각해봤다.

소위 초능력일까? 텔레파시란 그것? 텔레파시가 이런 건가?

텔레파시라고 하기에는 너무나 특수하다는 생각이 들었다. 혹시 뇌에 종양이라도 생겨서 어딘가를 압박해 환각을 보는 건가?

한동안 진심으로 걱정한 적도 있었지만 건강에는 아무 이상이 없었다. 뇌종양은 아무래도 아닌 듯했다.

이윽고 나는 이 일에 대해 깊이 생각하기를 그만두었다.

그 밖에 생각할 일이 너무 많았기 때문이다.

그렇기에 설마 '우리'가 장차 만나 그 기묘한 시간을 함께 보내게 될 줄은 그야말로 꿈에도 몰랐다.

그날 '우리'는 처음으로 만났다.

요코하마에서, O, O, A, A로 이어지는 모음의 어감을 지니는 도시에서.

　'우리'가 함께 꾼 '첫 꿈'.

　맨 처음 꾼 꿈은.

　어둠 속에 흔들리는 불길. 하늘 높이 치솟은 불길 속에 우두
커니 선 두 남녀. 불타는 두 사람. 그게 '우리'의 FIRST DREAM
이었다.

비
가

와
도

맑
아
도

1.

비가 온다. 비가 온다.

미적지근한 비, 끈적하게 들러붙는 비가.

비에 젖는 것은 좋아하지 않는다.

비가 온다. 비가 온다.

보이지 않는 비, 마른 비가.

젖지 않는 비도 좋아하지 않는다.

2.

"저기 왔네요, 양산 왕자."

테이블 곁을 지날 때 점원이 조그맣게 속삭였다.

그녀의 시선이 향한 곳을 봤다.

가로로 긴 커다란 창밖에 우산을 쓰고 걷는 남자가 보였다.

그래. 이 정도면 여자들이 주목할 만도 하다.

그런 감상이 떠오른 것은, 그가 이목구비가 단정하고 키가 큰 젊은 남자인 데다 우산이 다소 화려하고 큼직한 흑백 물방울무늬였기 때문이다. 다소 기이한 조합 탓에 눈에 띌 수밖에 없었다.

걸음걸이가 독특했다.

한 발 한 발 힘주어 디디는 듯한, 마치 로봇이 걷는 것 같은 고지식한 걸음걸이였다. 얼굴도 무표정해서 눈도 깜박이지 않는 게 아닐까 싶을 만큼 표정이 일정했다.

"이런, 진짜 왕자인데요. 약간 세속에 물들지 않은 느낌이랄지."

"그렇죠? 처음 봤을 때부터 하도 인상이 강렬해서 저희 가게에서 좀 유명해요."

"언제부터 다녔죠?"

"글쎄요, 두 달쯤 됐으려나요."

"매일요?"

"아뇨, 화요일과 목요일에만 오는 것 같아요. 주말이랑 공휴일에 근무하는 애한테 물었더니 본 적 없다더라고요."

"오늘은 화요일이군요."

"네. 매번 판에 박은 것처럼 꼭 이 시간에 온답니다. 10시 반 정각에."

남자는 갑자기 우뚝 멈춰 섰다.

하도 갑작스러워 보던 내가 깜짝 놀라고 말았다.

뭐라 중얼거리는지 보일 듯 말 듯 입술이 움직였다.

"뭐죠?"

"늘 저기서 멈춰 서지 뭐예요."

그러더니 금세 다시 걷기 시작했다.

"저거 우양산 겸용인가? 비 올 때도 저 우산을 쓰나요?"

"네. 그렇지만 글쎄요, 모르겠네요. 요새 우산은 대개 겸용이지만 저건 그냥 우산이 아닐까 싶거든요. 우산을 맑은 날에도 쓰는 거예요."

"흐린 날엔요?"

"흐린 날에도 써요."

"흐음, 우산남인가요."

완만한 비탈길에 면한 카페. 꽤 큰 곳이라 널찍한 창 너머를 걸어가는 남자는 마치 영화관의 거대한 와이드 스크린 속을 가로지르는 것처럼 보였다.

스크린 끝에서 그는 우뚝 멈춰 섰다.

얼마 동안 서 있더니 이쪽으로 등을 보이며 돌아서 신호등을 건넜다. 그러고는 다시 걷기 시작해 사라졌다.

3.

그다음에 남자를 본 것은 카페에 가려고 비탈길을 오르고 있을 때였다.

내가 글을 쓰는 작업실은 여기서 조금 떨어져 있지만, 쓰다가 막힐 때면 이렇게 일주일에 한두 번 여기 상점가를 찾는다.

완만한 비탈길에 접어들었을 때, 조금 앞쪽에 눈에 띄는 우산을 든 남자의 뒷모습이 보였다.

오, 양산 왕자다.

그러고 보니 오늘은 목요일이다. 그가 그 가게 앞을 지나가는 날이다.

무심코 시계를 보니 10시가 지났다. 오늘도 여느 때와 같은 시간이다.

뜻하지 않게 뒤를 따라가는 모양새가 됐다.

가까이서 보니 생각했던 것보다 키가 더 컸다.

다부진 등. 상체를 전혀 움직이지 않고 걷는 모습은 역시 조용한 기계 같다.

혹시 외국인인가?

어딘가 지평선까지 뻗어나가는 넓은 곳에서 살던 사람.

문득 그런 생각이 들었다.

걷는 속도는 빠르지 않은데 나보다 20센티미터는 키가 크다 보니 이쪽은 빨리 걸어야 뒤처지지 않을 수 있었다.

그가 멈춰 섰다.

나도 허둥지둥 걸음을 멈추었다.

또 입속으로 뭐라 중얼거렸다. 낮은 목소리라 무슨 말을 하는지는 들리지 않았다.

아무 일 없었던 것처럼 다시 걷기 시작했다. 나도 따랐다.

얼마 지나 또 멈춰 섰다.

아아, 그렇구나. 나는 이해했다.

그는 우체통 앞에서 멈춰 서는 것이었다. 이유는 모르겠지만 우체통에 이르면 걸음을 멈추고 뭐라 중얼거린다. 그러고 보니 카페 앞에도 우체통이 있었다.

얼마나 같이 걸었을까.

점점 그에게 '규칙'이 있다는 것을 알게 됐다.

횡단보도는 반드시 흰 부분만 밟거니와, 돌아보거나 모퉁이를 돌거나 할 때 고개만 움직이는 게 아니라 일단 멈춰 섰다가 정면을 향해 몸을 돌린 다음 걸음을 뗐다.

어쩌면 일종의 신경증일지도 모르겠다.

10시 반에 카페에 이르렀다.

그는 여느 때처럼 카페 앞을 지나고 국숫집과 부동산 앞을 지나 비탈을 올라갔다.

저번에는 거기서 신호등을 건넜다. 저 정도로 고지식하게 '규칙'을 지키는데 루트는 몇 개나 있을까.

나는 그런 생각을 하며 카페로 들어갔다.

늘 있는 여자가 자리로 안내해주었다.

"방금 양산 왕자랑 같이 오셨죠?"

"네. 저 사람 늘 어디 가는 걸까요."

"K 대학 학생 같던데요."

"그래요?"

"저 사람이 K 대학에 들어가는 걸 손님이 보셨대요."

그는 나름대로 유명인인 모양이다.

그런 생각을 하며 커피를 주문했다.

4.

해체 작업중 비계 붕괴

14일 오전 10시 반경, ××구 ×× 6번가의 건물 해체 작업 현장에서 비계가 무너져 행인이 피해를 입은 사고가 발생했다. K대학 의학부에 재적중이던 ×××스탄 유학생 탁짐 야구딘 씨 (24세)는 근처 병원으로 이송됐으나 사망이 확인됐다.

5.

머리가 새 둥지 같고 키 큰 남자가 카페로 들어왔다.

안을 둘러보더니 널따란 창문 쪽을 봤다.

누구 만날 사람이라도 있는 걸까.

그런 생각을 하는데 남자는 카페 점원에게 다가가 뭐라 물었다.

그러자 그녀는 얼핏 나를 보더니 남자와 함께 다가왔다.

"잠깐 괜찮으세요?"

점원은 주저하듯 말했다.

"네, 왜요?"

"이분이 양산 왕자…… 아, 죄송합니다. 저희가 그렇게 불렀거든요(남자를 돌아보며 말했다), 그분에 관해서 말씀을 듣고 싶다고 해서요."

"네?" 나는 놀랐다. "그건 또 왜요……?"

"죄송합니다. 이타미라고 합니다만 그 친구와 친했거든요. 실은 얼마 전에 그 친구가 사고로 죽었습니다."

"네?"

이번에는 점원과 내가 동시에 소리쳤다.

"그랬군요. 어쩐지 요새 안 보인다는 이야기를 했는데요."

"무슨 사고였죠?"

"건물 해체 작업 현장에서 비계가 무너지면서 깔렸습니다."

점원과 나는 신음했다.

"그건 너무한데요. 운이 나빴네요."

"네……." 남자의 얼굴이 흐려졌다. "그런데 어째 이해가 안 돼서 말입니다."

"이해라니요?"

"사고가 일어난 건 오전 10시 반경이고 현장은 여기서 조금 떨어진 6번가입니다. 그 친구는 어째서 그런 곳을 걸은 걸까요."

"10시 반이라고요?"

나와 점원은 마주 봤다.

"그게 무슨 요일이었죠?"

나도 모르게 물었다.

"음, 14일이니까 화요일이군요."

나와 점원은 또다시 마주 봤다.

"그 시간이면 이 카페 앞을 지나야 하는데요."

"맞아요, 늘 시간도 정확하게 지켰는데."

"역시 그랬군요."

남자는 가볍게 고개를 끄덕였다.

"그 친구는 조금 신경질적인 부분이 있어서 자기가 정한 대로 움직이지 않으면 안 되는 타입이었거든요. 걷는 경로도 정확하게 정해져 있었고 시간도 딱 맞아야 했죠. 대학 캠퍼스도 늘 정해진 곳만 걸었을 정도였습니다. 그런데 어째서 그날은 그런 곳에 있었는지 알 수 없어서요."

"아닌 게 아니라 이상하네요."

점원이 고개를 갸웃했다.

"그렇지만 언제나 일정한 시간에 이 앞을 지난 건 맞지만, 저기 신호등을 건너는 날도 있고 안 건너는 날도 있었어요. 혹시 공사 때문에 어딘가가 통행 금지가 되거나 그런 건 아닐까요?"

나는 양산 왕자의 뒷모습을 떠올리며 무심코 그렇게 말했다.

그러자 남자는 놀란 듯 "네?"라고 하며 나를 봤다.

"신호등을 건너는 날도 있고 안 건너는 날도 있었다고요? 그게 사실입니까?"

"네."

뜻밖의 질문에 나도 모르게 똑바로 고쳐 앉았다.

"그건 이상한데요."

남자는 손을 입으로 가져가 생각에 잠겼다.

점원과 둘이 그 모습을 주시했다.

이윽고 남자는 얼굴을 들고 뭔가 생각난 것처럼 빠른 걸음으로 밖으로 나갔다. 어째선지 나도 덩달아 따라 나갔다.

"언제나 이 앞을 지났다는 거죠? 10시 반 정각에."

"네. 그다음에 직진할 때도 있고 저기 신호등을 건널 때도 있었어요."

"저기 신호등이라고요?"

남자는 중얼거리며 카페 옆 국숫집에 시선을 주었다.

이어서 신호등을 보고, 길 건너 인도를 봤다.

일본과자 상점. 철물점. 중국음식점. 가구점.

옛 모습이 남아 있는 상점가다.

"으음."

남자는 곰곰이 생각하고 있었다.

"그 사람은 매일 대학에 다닌 게 아닌가요?"

나는 별생각 없이 물었다.

"아뇨, 거의 매일 왔는데요. 그건 왜 물으시죠?"

"그 사람이 여기를 지나는 건 화요일과 목요일뿐이었거든요."

"뭐라고요?"

남자는 이번에야말로 확실히 놀라 나를 돌아봤다.

그의 기세에 주춤했다.

"사실이에요. 점원도 그러던데요. 다른 요일엔 지나간 적이 없다고."

"화요일과 목요일. 그리고 신호등을 건넜다가 안 건넜다가."

"네. 화요일엔 신호등을 건넜고 목요일엔 안 건넜네요."

나는 다시 기억 속의 뒷모습을 떠올렸다.

남자는 또 생각에 잠겼다.

"그러고 보니까 그 사람, 늘 우체통 앞에 멈춰 서서 뭐라 읊던데요."

남자는 고개를 끄덕였다.

"네. 이유를 물은 적이 있습니다. 그랬더니 고향의 산하고 비슷하다나요."

"우체통이요?"

"네. 큰 광산이 있는데 옛날부터 내내 산을 깎고 있으니까 지금은 완전히 남아프리카공화국 테이블 산 모양이라더군요. 불그스름한 것도 똑같다고 말이죠."

"네에."

남자는 팔짱을 낀 채 느릿느릿 걷기 시작했다.

왠지 모르게 그 뒤를 따랐다.

그런데 갑자기 그가 멈춰 섰다.

"……광산."

그렇게 중얼거리는 게 들렸다.

"어쩌면……."

그는 우체통을 홱 돌아보더니 다시 주위를 유심히 둘러보고는 내 얼굴을 봤다.

"……답을 안 것 같습니다."

6.

이타미라고 이름을 밝힌 새 둥지 머리 남자는 일주일 뒤 다시 카페로 찾아왔다.

지난번 그가 '답을 안 것 같다'라 하고 느닷없이 달려가는 바람에 뭘 알았다는 건지 듣지 못한 나는 내내 기분이 개운치 못했는데, 그대로 방치하는 것은 도리가 아니라고 생각했는지 일부러 설명하러 와준 모양이다.

7.

그 친구가 의학부를 지망한 계기를 이야기해준 적이 있습니다.

그 친구 집은 대대로 이어져 내려온 염색 공장이라는데, 유전인지 뭔지 뼈가 약해지는 병에 걸리는 사람이 많다고 하더군요. 그 친구 어머니도 쉽게 골절되는 병을 앓아서 늘 통증에 시달렸다죠. 그래서 가족들 병을 고쳐주고 싶어서 의사를 지망했다고 합니다.

그 친구는 성적이 월등하게 좋아서 마을에서 처음으로 고등학교에 가고 장학금을 받아 대학에도 진학했습니다. 그 뒤에 유학까지 했으니 정말 우수했다고 생각합니다.

그 친구의 특이한 걸음걸이.

분명히 그것도 몸에, 그러니까 뼈에 충격이 가지 않도록 집에서 그렇게 가르쳤을 겁니다. 그 영향으로 성격도 그렇게 고지식해지지 않았을까 싶기도 하고요. 애초에 그 친구가 두 달쯤 전이 지역으로 이사 온 것도 대학까지 걸어서 갈 수 있는 곳에 살고 싶다는 게 이유였거든요. 일본의 혼잡한 만원 버스나 전철을 탔다가 어떤 충격을 받을지 알 수 없으니까요.

그 친구가 세세한 규칙을 정해놓고 있다는 건 알고 있었습니다. 그걸 반드시 지킨다는 것도.

그 때문에 걷는 경로를 바꿨다는 게 이상하다고 생각한 건데, 저번에 여기서 이야기를 듣고 그 친구에게 걷는 경로보다 우선순위가 높은 '규칙'이 있었다는 걸 깨달았거든요.

그게 뭐였을까요?

화요일과 목요일에만 그 길을 지난 이유.

그건 말이죠, 휴점일인 겁니다.

네. 화요일은 길 건너 일본과자 상점과 중국음식점이 쉬는 날.

목요일은 이 카페 옆 국숫집이 쉬는 날.

그게 뭐가 어떻다는 거냐고요?

뒤집어서 말하면 길 건너 일본과자 상점과 중국음식점, 그리고 국숫집이 영업할 땐 그 앞을 지나지 않는 겁니다.

이 점포들이 문을 닫는 날과 영업하는 날은 뭐가 다를까요?

포렴입니다.

이 세 곳은 영업할 때 가게 앞에 포렴을 내겁니다.

포렴은 우리 일본 사람한테는 간판이지만 외국인한테는 그냥 천이거든요.

그 친구 본가가 염색 공장이라고 말씀드렸죠. 분명 어렸을 때부터 염색한 천을 말리는 걸 보고 자랐을 테니까 뭔가 거기에 얽힌 안 좋은 기억이 있었는지도 모르죠.

그 친구는 외식을 전혀 안 하고 집에서 자취를 했기 때문에 전 그걸 알아차리지 못했습니다. 같이 식사를 했다면 일본의 음식점은 포렴이 걸린 곳이 많으니까 일찍 눈치챘을지도 모르는데요.

포렴 앞은 지나지 않는다는 규칙이 그 친구한테 있었을 겁니다. 그건 걷는 경로보다 우선되는 규칙이었습니다.

그렇다면. 전 기묘한 생각을 했습니다.

엉뚱한 생각이긴 합니다만. 혹시 그걸 아는 사람이 있었다면, 그 친구가 절대로 포렴 앞을 지나지 않는다는 걸 아는 사람은 그 친구가 걷는 경로를 유도하는 게 가능하겠다.

그런 생각이 든 겁니다.

황당무계한 생각일까요?

하지만 있을 수 없는 일은 아니에요. 그 친구가 가는 방향으로 어디 빈 점포에라도 그 친구가 지날 때만 가게 앞에 포렴을 걸어놓기만 하면 됩니다. 그럼 그 친구는 반드시 그 앞을 피해 다른 길로 가겠죠. 가는 데마다 그런 식으로 수를 쓰면 그 친구를 자기가 원하는 장소로 데려가는 게 가능해요. 그리고 그곳에서 사고가 일어나도록 준비해두면. 가령 해체중인 건물의 비계에 손을 써두면 그 친구가 사고를 당하게 됩니다.

만약 이런 일이 정말로 있었다면, 그럼 그 누군가는 어째서 그런 짓을 했을까.

그 친구를 죽이고 싶으면 다른 사람을 고용한다든지 집을 습격한다든지 수단은 다양하게 있었을 겁니다. 그런데도 그 사람은 어디까지나 사고를 가장해 사고에 말려든 걸로 꾸미길 원했습니다.

이유는 뭔가?

그 친구가 변사를 당하면 시신이 해부되기 때문입니다.

다시 말해 해부되지 않는 죽음이 목적이었다고 생각합니다.

어째서?

십중팔구 시신이 해부되면 만성 카드뮴 중독이라는 게 밝혀질 가능성이 있어서겠죠.

네.

그 친구 가족의 병은 유전적인 게 아니라 고향의 광산에서 배수되는 물에 함유된 카드뮴 때문이었던 겁니다.

이타이이타이병.*

• '이타이이타이'는 일본어로 '아프다아프다'라는 뜻

이 이름, 아시죠? 1950년대 도야마 현 진즈 강 유역에서 상류 광산의 공장 배수에서 흘러나온 카드뮴이 축적된 물을 마시거나 생선을 먹은 사람이 걸린 공해병입니다.

특히 출산 경험이 여러 번 있는 여자가 많이 걸렸다고 하죠. 여자는 안 그래도 아이를 낳을 때 칼슘이 빠져나가기 때문에 이 병 특유의 골연화증이 되기 쉬워서 작은 충격으로도 골절이 생기거든요. 이 병에 걸린 사람들이 아파한 것에서 병명을 따왔을 정도로 심한 통증이 계속됩니다.

그 친구 마을에선 대다수가 진학하지 않고 가업을 잇습니다. 그래서 지금까지 아무도 그걸 깨닫지 못했어요.

다만 그 친구 말로는 고향에선 비를 맞지 말란 말이 있었다더군요. 고향은 건조한 곳이라 비가 잘 안 오는데, 가끔 올 때 안 좋은 게 빗물에 들어 있다고 전해져 내려왔다나요. 카드뮴은 공기중으로도 확산됩니다. 어쩌면 마을 사람 중에 어렴풋이 원인을 눈치챈 사람이 있었는지도 몰라요. 염색은 특히 물을 대량으로 쓰니까 염색 공장을 했던 그 친구 집안사람들한테 증상이 강하게 나타난 것도 말이 됩니다.

그 친구는 비가 싫다고 했습니다.

일본은 강수량이 많은 나라니까요. 비를 맞기 싫다는 규칙도 갖고 있었던 그 친구는 언제 비가 내릴지 모르니까 늘 우산을 쓰고 다녔던 겁니다.

일본은 공해병의 선진국입니다.

그 친구도 일본에 와서 비로소 자기 가족의 병이 공해 때문이라는 걸 알아차렸는지도 모릅니다.

실제로 그 친구가 남긴 컴퓨터를 조사하다가 그 친구가 국가와 광산을 상대로 재판을 걸 준비를 하고 있었다는 걸 알게 됐습니다.

그 친구를 없애려고 한 사람은 그걸 알고 있었던 게 아닐까 하는 생각이 자꾸 든단 말이죠.

네, 제 망상일지도 모릅니다.

다만 그 뒤로 이 주변에 물어보고 다녔거든요. 그랬더니 그날 오전 중 이 상점가 입구 근처의 빈 점포에 아주 잠깐 낯선 포렴이 걸려 있는 걸 봤다는 사람이 있더군요.

물론 그런 건 아무 증거가 못 됩니다.

시신은 이미 화장해서 유골도 고향으로 보냈습니다.

하지만 그 친구 가족에게, 그 친구의 고향 사람들에게, 그 친구가 소송 준비를 시작했다는 걸 알리고 싶습니다. 제가 친구로서 할 수 있는 일은 그 정도입니다.

8.

쨍하게 맑은 하늘.

부드러운 바람이 불고 있다.

줄줄이 널어놓은 선명한 색상의 천이 살랑살랑 나부낀다.

그는 천 주위를 뛰어다니고 있었다. 몇 줄씩 이어지는 천의 벽은 마치 미로 같아 숨바꼭질이나 술래잡기를 하기에 안성맞춤이다.

천을 잇따라 헤치고 나아가는 것은 어째선지 아주 가슴 설레는 놀이다.

그날도 그는 천의 바다를 일직선으로 가로지르고 있었다.

천의 벽을 계속 넘어 마지막 한 장을 지난 순간.

그곳에 어머니가 누워 있었다.

고통에 몸을 비틀며 무시무시한 흙빛 형상으로 쓰러져 있는 어머니의 시체가.

9.

비가 온다. 비가 온다.

슬픔의 비. 눈물의 비.

끊이지 않고, 쉬지 않고, 고요히, 그의 안에서 계속 내린다.

평범한 사건

올봄 연휴 직전에 어느 지방 현청 소재지 F시에서 벌어진 사건을 기억하는 사람은 없을 것이다.

무직 남자가 영업 종료 직전의 은행에 들어가 행원과 이용객을 인질로 잡고 여섯 시간 동안 농성을 벌였다. 결국 경찰 특수팀이 돌입해 남자를 제압했지만 이용객 한 명이 남자에게 가슴을 찔려 사망했다.

이날 밤 뉴스에서는 내내 현장이 중계됐으나 '경찰 돌입, 남자를 체포'라는 자막과 함께 텔레비전에서 사라졌다. 애초에 민족 대이동 시즌인 당시, 사람들은 연휴를 앞두고 놀러 나갔거나 여행지를 향해 이동중이었으니 뉴스 자체를 본 사람이 얼마나 있었을지 알 수 없다.

다음 날 신문에서도 기사 자체는 그리 크게 취급되지 않았거니와 경찰이 돌입하는 순간을 담은 흐릿한 사진이 실려 있을 뿐 자세한 내용은 없다시피 했다. 제압된 남자는 사십대 중반. 직장을 잃고 나서 일 년 가까이 됐고 정신과 통원 이력도 있었다. 기사는 이런 사건에 흔히 등장하는 이런 문장으로 마무리를 지었다.

'남자는 경찰 조사에서 두서없는 말을 반복하고 있으며 경찰은 사건의 배경을 상세히 수사하기로 했다.'

목숨을 잃은 이용객에게는 터무니없는 재난이라고 딱하게 생각하기는 했지만 필자도 금세 이 사건에 관해 잊었다.

사건을 다시 떠올리게 된 것은 한 달쯤 지나 평년보다 조금 일찍 장마가 시작됐을 무렵이었다.

필자의 대학 시절 친구는 F시 출신이다. 대학을 졸업하고 고향으로 돌아간 것은 알고 있었는데, 오랜만에 상경한다는 소식을 전해 듣고 나서 우연히 술자리에서 만났다. 그때 어쩌다 최근 이 사건에 관해 기묘한 소문이 돌고 있다는 이야기를 친구가 해주었다.

친구를 M이라 부르기로 하자.

M 자신도 이 사건에 대한 흥미는 필자와 오십보백보였다. 오래전부터 이용하고 있는 은행 지점에서 벌어졌다는 사실에는

놀랐지만, 역시 연휴가 끝날 무렵에는 까맣게 잊었다고 한다.

그가 처음 이 사건을 기억해낸 것은 동네 파출소에 붙은 포스터를 봤을 때였다. 서툰 일러스트를 곁들인 포스터는 얼마 전 발생한 인질 사건의 피해자에 관해 정보 제공을 요청하는 것이었다. 포스터에는 신체적 특징이 나열되고 복장과 소지품의 사진이 실려 있었다.

걸음을 멈추고 포스터의 내용을 다시 읽은 M은 놀랐다. 뜻밖에도 이 사건으로 희생된 예순 살 전후의 여자는 신원 불명이라는 것이다.

그런 일이 정말 있을까.

이상하게도 그녀는 은행에 와 있었는데도 신원을 알 수 있는 소지품이 아무것도 없었다. 통장도 현금카드도 없었고 휴대전화조차 발견되지 않았다.

일러스트에 기재된 그녀의 인상착의는 더없이 일반적이었다. 할인점에서 파는 긴소매 티셔츠에, 이 또한 할인점의 플리스와 스트레치 청바지. 키는 155센티미터, 파마 머리에 마른 체격, 외모도 지극히 평범했다. 나중에 경찰 홈페이지에서 시신을 수복하고 찍은 얼굴 사진도 봤는데, 어디서 마주쳐도 기억에 남지 않을 특징 없는 생김새였다.

가까이에 살아 잠깐 들렀다는 느낌으로 작은 토트백을 들고 있었지만 안에 든 것도 얼마 없었다. 손수건과 물티슈, 돋보기 안경, 볼펜 한 자루, 열쇠 두 개, 편의점 찹쌀떡 한 개, 목사탕. 낡은 동전 지갑에 약간의 소지금. 편의점에서 찹쌀떡을 구입한 영수증이 있었지만 이름을 알 수 있는 물건은 역시 아무것도 없다는 게 판명됐다.

어디서 떨어뜨린 게 아닐까, 누가 가져간 게 아닐까 하고 은행 안을 샅샅이 조사했지만 가능성이 있을 법한 물건은 발견되지 않았다.

이런 일도 있구나.

M은 은근히 그 뒤 경과를 주시했지만 여자의 신원을 확인해주는 사람은 여태 나타나지 않는 모양이다.

이윽고 다른 소문이 돌기 시작했다.

사건을 목격한 사람들이 모두 당시 상황에 관해 자세히 이야기하기를 꺼린다는 것이다.

물론 사건을 떠올리기 싫어하는 것은 정상적인 반응이다.

폭력 행위에 말려들면 정신적으로 대단히 큰 타격을 입게 마련이다.

평소 일상적으로 이용하던 곳이 부조리한 폭력의 장소가 됐다. 실제로 사람도 한 명 죽었다. 바로 곁에 죽음이 있고 자신이 피투성이로 쓰러져도 이상할 것 없었다. 이 세상은 언제든지 폭력적으로 생명을 빼앗길 가능성이 있고 지금까지 그저 운이 좋았을 뿐이라는 사실을 실감하는 것은 어마어마한 충격이다.

그렇기에 사건이 있은 뒤 외출하기를 꺼린다든지 소리나 인기척에 신경질적으로 반응하며 우울이나 정신 불안정을 겪는 것은 사건의 외상 후 스트레스 장애로 지극히 정상적인 반응이다.

하지만 이 사건에 말려든 사람들의 반응은 이런 사례와는 어딘가 달랐다.

이 사건은 어딘가가 이상하다. 그렇게 느낀 이가 여럿 있었다.

그때부터 M이 어떤 수단을 써서 사건에 관해 조사했는지, 그 부분의 설명은 생략하겠지만, M이 이 사건에 강하게 끌려 다소 상궤를 벗어난 정열을 가지고 추적한 것은 분명하다. 공표할 마음은 없지만 정리하지 않을 수 없었다고 중얼거리며 M이 필자에게 보여준 수기. 이하의 글은 M이 프라이버시를 고려해 구성한 관계자 증언이다.

사건 직후 현장에 도착한 구급대원

피의자는 이미 체포된 다음이었는데 좌우지간 아주 조용했다는 게 기억납니다. 맨 먼저 눈에 들어온 건 말 그대로 피바다였어요. 거울 같은 바닥 위의 새빨간 피 가운데 여자가 웅크린 듯한 자세로 쓰러져 있었습니다. 하도 작아서 아, 이미 틀렸구나, 하고 직감으로 알았죠.

주위에 다른 사람들이 빙 둘러 주저앉아 있더군요. 왜 원을 그리고 둘러앉아 있는 걸까 싶었습니다. 나중에 이유를 듣고 놀랐어요.

저, 솔직히 몇 명이나 죽은 걸까 생각했습니다. 피가 오죽 많았어야죠. 체구가 작은 여자 한 명뿐이라는 걸 알고 놀랐을 정도입니다.

어째 분위기가 묘했어요. 사람이 많았는데 다들 정신이 딴 데가 있다고 할까요. 사건 때문에 넋이 나간 거겠지만요. 실제로 엄청나게 처참한 광경이었고 말입니다. 그런데 다들 거기엔 관심이 없다고 할지, 멍하니 있다고 할지, 묘하게 분위기가 가벼웠던 것 같습니다. 저만 그런 게 아니라 동료 중에도 비슷한 느낌을 받았다는 사람이 있었어요.

뭐라고 그러면 좋을까요. 너무 점잖지 못한 비유이긴 한데, 나중에 생각하니까 마술 쇼 같은 분위기였다 싶더군요. 마침 그 전 주 쉬는 날에 애를 데리고 마술 쇼를 보러 갔거든요. 그 왜 있잖습니까, 멋진 마술 앞에서 다들 입을 딱 벌리고 보는 느낌. 무슨 일이 벌어진 건지 몰라 허탈 상태에 빠진 듯한. 그런 분위기였습니다.

사건 뒤 관계자를 담당했던 상담사

지금까지 여러 사건의 애프터케어를 담당했지만 이번 같은 경우는 처음입니다.

네, 다들 사건에 관해 서슴없이 이야기해주시더군요.

아뇨, 그게 보통입니다. 사고나 사건 직후엔 굳이 따지자면 냉정하게 객관적인 사실을 이야기해준답니다.

인간은 묘한 부분에서 허세를 부리게 마련이거든요. 패닉에 빠진 모습을 솔직하게 내보일 수 있는 사람이 오히려 흔치 않아요. 대다수 사람은 아주 침착하게 사건에 관해 이야기합니다.

하지만 그건 거짓말이란 말이죠. 아직 감정이 충격을 따라잡지 못했어요. 편타 손상처럼 시간이 지나면서 통증이 심해지는 겁니다.

그 때문에 장기간 보살피는 게 중요하죠.

그런데 이 사건의 관계자들은 그런 느낌이 아니었어요.

인질을 잡고 농성한 남자는 금전을 요구한 게 아니었습니다. 어디서 입수했는지 항우울제를 대량으로 복용해 상당한 흥분 상태였던 것 같죠. 게다가 일종의 유아 퇴행이라고 할까요, 어렸을 때 부모가 장사를 하느라 관심을 받지 못한 게 응어리로 남았는지 사람들한테 자꾸 '놀자'고 강요했다나요.

남자는 내내 도쿄에서 일하다가 부모의 건강 문제로 고향에 돌아오게 된 모양입니다. 부모를 돌보면서 일할 수 있는 곳을 찾았는데, 그런 곳은 보수가 맞지 않죠. 실직 기간이 길어져서 초조한 상태였습니다. 어렸을 때부터 자기를 방치했던 부모에 대해 복잡한 감정도 있었을 테고요.

사건 당시 현장에 있던 은행원 1

처음엔 근처 상점에서 오신 고객분인 줄 알았습니다.

영업 종료 직전에 매상을 가져오는 분이 늘 몇 분 계시기 때문에 그분인가 했죠.

그런데 손에 든 걸 보고 흠칫했지 뭡니까. 커다란 정육칼을 들고 땀을 비 오듯 쏟고 있었어요. 열을 띠어 흥분해서 눈이 번득이고 동공이 확대된 것처럼 보였습니다.

어이쿠, 큰일 났다. 그렇게 생각했죠.

사건 당시 현장에 있던 은행원 2

"자, 얼른 놀자. 날 저물 때까지 놀자." 내내 그 말을 반복했습니다.

처음엔 농담인 줄 알았거든요.

그런데 진담이었던 겁니다.

"자, 먼저 까꿍부터. 알지, 까꿍? 갓난아기한테 맨 처음 하는 거."

그렇게 말하면서 안에 있는 사람한테 한 명씩 까꿍을 해 보이더군요.

그 큰 부엌칼을 든 채 성큼성큼 다가와서 무시무시한 형상으로 까꿍을 했을 땐 무서워서 죽는 줄 알았습니다. 다들 그 남자가 까꿍 하는 걸 애써 침착한 척하면서 바라봤어요.

그런데 저희가 가만있는 게 마음에 안 들었던 모양이죠.

갑자기 "왜 안 하는 건데, 참가하라고!"라면서 버럭 화를 냈습니다.

얼굴이 시뻘게져선 땀을 줄줄 흘렸습니다. 칼을 허공에 마구 휘두르니까 형광등 불빛에 칼날이 번득이는 게 얼마나 무서웠는지요.

그런 사람은 아무것도 안 보는 것 같아도 세세한 부분까지 알아차린단 말이죠. 행원이 몰래 사무실 쪽으로 도망치려고 했을 때도 금세 발견하고 큰 소리로 고함치는 겁니다. 무시무시한 목소리로. 너무 무서웠어요.

그때부터 끝도 없이 애들 놀이를 해야 했습니다. 게다가 본인은 우리가 놀이를 하는 걸 우뚝 서서 구경만 하는 겁니다. 지금 생각하면 참 우스꽝스러운 장면이었어요.

하지만 다들 새파랗게 질려선 필사적이었습니다. 그렇게 진

지하게 하나이치몬메나 오뚝이 넘어졌다*를 하고 논 게 얼마만
이었는지 모르겠습니다.

사건 뒤 관계자를 담당했던 상담사

아이들 놀이를 다섯 시간. 칼 든 남자의 강요로 하나이치몬메
를 다섯 시간. 그게 얼마나 큰 스트레스를 주었을지 상상이 되
고도 남습니다.

그런데 말이죠, 이야기를 듣는 사이에 점점 이상하다는 생각
이 드는 겁니다.

다들 남자가 어떤 놀이를 시켰는지, 그게 얼마나 무서웠는지
열심히 이야기하는데 그게 어째 건성이에요.

얼마나 무서운 경험이었겠습니까. 겁에 질린 얼굴로 불안한
듯 이야기하는데 그게 피상적인 겁니다.

뭔가 이상하다. 그렇게 생각하고 보니까 관계자 전원이 똑같
더군요. 은행원도, 이용객도 모두.

남자와 보낸 공포의 시간을 이야기하면서도 어딘가 딴생각
을 하고 있다.

그런 인상을 받았습니다.

* 각각 우리나라의 '우리 집에 왜 왔니'와 '무궁화 꽃이 피었습니다' 같은 놀이

정신이 팔려 있는 '그것'을 모두가 무의식중에 기피하고 있다. '그것'에 비하면 남자가 오랜 시간 강제로 애들 놀이를 시킨 것에 관해 이야기하는 편이 정신적 고통이 덜하다. 그걸 깨달은 거죠.

언제 칼에 찔릴지 두려워하면서 하나이치몬메를 하는 것보다도 무서운 것. 그보다 훨씬 마음에 걸리는 것. 그런 게 있을까요?

사건 당시 현장에 있던 은행원 3

그 고객분이 오신 건 전혀 몰랐습니다.

신규 고객분이 오셨을 때는 안내 직원이 내점 목적을 확인하게 돼 있는데요. 아마 곧바로 서류를 기입하는 카운터로 가서서 그랬을지도 모릅니다. 익숙한 분위기라 설명드리지 않아도 될 것 같다고 판단했겠죠.

아뇨, 제가 기억하는 범위 내에선 처음 보는 고객분이었다고 생각합니다. 적어도 자주 오는 분은 아니었습니다. 평소엔 저희 은행 다른 지점을 이용하시는데 볼일이 있어서 이쪽 지역에 오셨다가 우연히 저희 지점을 이용하셨구나 생각했죠.

사건 당시 현장에 있던 이용객 1

그 남자가 들어왔을 때부터 다들 꼼짝할 수 없게 됐습니다만, 그 사람이 있는 건 줄곧 의식하지 못했습니다. 몸집이 작은 데다 구석에서 가만히 있었다는 인상이 있어요.

하지만 대여섯 살쯤 된 아이를 안은 젊은 어머니한테 용기를 북돋워줬던 게 기억나요. 역시 나이는 괜히 먹는 게 아니구나, 배짱 한번 두둑하네, 하고 생각했습니다.

사건 당시 현장에 있던 이용객 2

네, 그 사람이 생긋 웃으면서 저희 애를 감싸듯이 곁에 있어줬어요.

제가 완전히 패닉에 빠져서 어쩌면 좋을지 몰라하는 걸 알아차린 거겠죠. 애를 사이에 두고 저랑 내내 같이 하나이치몬메를 해줬어요. 전 정말 완전히 넋이 나가서, 설마 그 사람이 그렇게 될 줄은. 눈 깜짝할 새였어요. 눈앞에서 쓰러져서. 너무해요.

사건 당시 현장에 있던 이용객 3

정말 갑작스러운 일이었습니다. 노래가 끝났을 때 남자가 갑자기 칼을 찌른 겁니다. 망설이지도 않고 곧장 찔렀습니다. 순간 무슨 일이 벌어진 건지 알 수 없었죠.

사건 뒤 관계자를 담당했던 상담사

눈치채셨을지요.

다들 돌아가신 여자분 이야기를 하는데, 미묘하게 이야기하기를 꺼리는 부분이 있습니다. 남자가 갑자기 칼로 찔렀다는 건 알겠는데, 그분이 왜 찔린 건지, 그때 그분이 어디 있었는지는 아무도 이야기하지 않거든요. 그분은 어째서 그런 일을 당했을까요?

맨 처음 현장에 도착한 구급대원 이야기 기억하십니까?

그 사람은 사람들이 원을 그리고 둘러앉아 있는 장면을 목격했습니다. 왜 그렇게 앉은 건지 이상했다고 말했죠.

또 현장에 있던 은행 이용객도 힌트를 줬습니다.

노래가 끝났을 때 남자가 갑자기 칼로 찔렀다고.

둘러앉아 노래한다. 애들 놀이.

아시겠죠?

여자분은 칼에 찔렸을 때 '가고메카고메'*를 하고 있었던 겁니다. '가고메카고메'를 끝까지 불렀을 때 남자의 칼에 찔렸습니다. 모두가 무의식중에 이때 일을 이야기하려 하지 않는 겁니다. 살인이 벌어진 순간이라서 그럴까요?

• 한가운데 술래가 눈을 가린 채 앉고 모두 술래를 빙 둘러싸고 노래를 하며 도는데, 노래가 끝났을 때 술래가 등 뒤의 사람을 맞히는 놀이

저도 처음엔 그런 줄 알았는데, 증언을 여러 번 반복해서 듣는 사이에 그게 아니라는 걸 깨달았습니다.

사람들이 이야기하려 들지 않는 건 어디까지나 '가고메카고메'를 하고 놀았다는 겁니다.

그렇기에 다들 '하나이치몬메'나 '오뚝이 넘어졌다'는 언급하면서 '가고메카고메'를 했다는 말은 아무도 하지 않아요.

이유가 뭘까요.

전 그 사실을 알아차리고 나서 다시 한 번 사람들한테 물었습니다. 여자분이 칼에 찔렸을 때 '가고메카고메'를 하지 않았습니까? 그렇게 물었더니 모두들 '그러고 보니 그랬네요'라느니 '그랬을지도 모르겠군요' 하고 얼버무리는 겁니다. 무의식중에 기억에서 삭제한 거죠.

대체 '가고메카고메'를 하다가 무슨 일이 일어난 건가.

저는 문득 증언을 듣지 않은 사람이 딱 한 명 있다는 걸 깨달았습니다. 그 인물이라면 진상을 이야기해줄지도 모른다고 직감한 겁니다.

그래서 만나러 갔습니다.

이 뒤 이어지는 게 그 아이의 증언입니다.

사건 당시 현장에 있던 아이

그때 있었던 일은 똑똑히 기억해요.

그때 그 할머니는 어떻게 그럴 수 있었던 거야? 하고 나중에 엄마한테 여러 번 물어봤지만 그때마다 엄마는 모른 척했어요.

미사토도 될까? 하고 물어봐도 엄마는 대답을 안 해줘요.

그때 분명히 같이 봤는데 이상하죠.

그날은 굉장히 피곤했어요.

그렇잖아요, 그렇게 하나이치몬메랑 오뚜기 넘어졌다를 많이 했는걸요. 땀을 엄청 많이 흘리는 아저씨가 우리한테 자꾸 하라고 시켰어요.

나도 보통 땐 게임만 하니까 그렇게 많이 움직이는 놀이를 한 건 처음이었을지도 몰라요.

처음엔 재미있었는데 점점 싫증 나고 지치더라고요.

그랬더니 아저씨가 기분이 나빠져서 난리가 났어요.

칼을 막 휘두르면서 꼭 겐타 같이 구는 거예요.

아, 겐타는 같은 유치원 다니는 못된 애예요. 아무 때나 때리고 발로 차고 그러거든요. 어른도 그런 사람이 있네요.

그 할머니는 웃는 얼굴이 참 친절했어요.

우리 할머니는 이제 안 계시지만, 그런 할머니라면 계속 같이 있고 싶었는데요.

아저씨가 화나서 칼을 휘둘렀을 때 할머니가 말했어요.

가고메카고메를 하자고요.

그랬더니 아저씨도 아, 그거 좋겠다, 하고 좋아했어요. 가고메카고메가 있는 걸 깜박했다고 말하고 또 말하더라고요.

그래서 다같이 가고메카고메를 했어요.

노래를 불렀어요.

할머니가 당신이 술래예요, 그랬는데 아저씨가 자기는 구경하겠다고 원 안에 안 들어왔어요.

그래요, 하고 할머니가 술래가 됐어요.

뒤의 정면은 누구게, 하고 몇 번씩 물었는데 할머니가 계속 못 맞혔어요.

아저씨가 진짜 못하네, 한 번도 못 맞히잖아, 하고 웃었어요.

그랬더니 할머니도 웃은 거예요.

다들 조금 놀라서 할머니를 쳐다봤어요.

어쩐지 새처럼 카랑카랑한 목소리로 웃어서요.

할머니는 원 안에서 일어섰어요. 아저씨는 할머니 등 뒤에 있었고요.

할머니는 카랑카랑한 목소리로 말했어요.

깜짝 놀랄 거 보여줄까? 하고요.

아저씨는 뭐? 하고 물었어요. 뭐라고? 라고요.

그랬더니 할머니는 다시 한 번 말했어요. 고개를 숙이고 말했어요.

깜짝 놀랄 거 보여줄까? 하고.

왠지 모르게 그때 좀 무서웠어요. 할머니가 할머니 아닌 것 같아져서요.

아저씨는 그래? 라면서 좋아했어요.

좋아, 깜짝 놀랄 걸 보여줘, 라고 했어요.

할머니는 그럼 보여주지, 라고 대답했어요.

조용해졌어요. 다들 할머니를 쳐다봤어요.

그랬더니 할머니가 천천히 돌아본 거예요.

등 뒤에 있던 아저씨를 돌아봤어요.

그렇지만 이상하거든요.

할머니는 몸은 그대로 두고 고개만 돌린 거예요.

이상하죠?

할머니는 등을 보이고 있어요. 그런데 할머니 머리는 천천히, 천천히 돌아서 뒤를 향한 거예요.

할머니의 등 위에 얼굴이 있고 생글생글 웃으면서 아저씨를 봤어요.

아저씨 얼굴이 순식간에 파랗게 질렸어요.

할머니가 큰 소리로 웃었어요. 엄청 큰 소리로.

놀랐지? 놀랐을 거다, 슈이치. 응? 어떠냐, 놀랐지?

할머니가 웃으면서 큰 소리로 그렇게 말했어요.

그랬더니 아저씨가 부들부들 떨면서 갑자기 소리를 질렀어요. 비명? 그런 느낌으로 소리 지르면서 들고 있던 칼을 곧장 할머니 쪽으로.

그렇게 쉽게 쑥 꽂히다니.

할머니는 힘없이 쓰러졌어요. 피가 엄청, 엄청 흘렀어요.

아저씨는 칼을 든 채 계속 비명을 질렀어요.

그랬더니 폭발한 것 같은 소리가 나면서 헬멧 쓴 아저씨들이 잔뜩 들어왔어요. 여러 명이서 아저씨를 붙들었어요. 하도 많은 사람이 덮쳐서 아저씨가 안 보였어요.

할머니는 대체 그거 어떻게 한 거예요?

쓰러져 있는 할머니한테 미사토가 가봤거든요.

그렇지만 할머니의 머리는 이미 원래대로 돌아와 있었어요.

대단하죠, 할머니.

미사토도 연습하면 되려나요?

언젠가 엄마를 깜짝 놀라게 해줄 수 있을까요?

엄마, 놀랐지? 하고 등 위에서 말하면.

봄의
제전

그가 〈봄의 제전〉을 솔로로 추는 모양이라는 말을 들었을 때, 그리 깊이 생각하지 않고 '저런, 별 기이한 일을 다 하네'라고만 생각했다.

　나는 별반 발레나 클래식을 잘 아는 것은 아니다.
　어디까지나 평범한 문화 애호가의 범위 내에서 대강 주워들은 지식에 기댄 감상이다.
　다만 그와 같은 중고등학교에서 시간을 공유했던 것도 있어 (그는 중간에 외국 발레 학교에 들어간 터라 엄밀히 말하자면 공유한 시간은 약 사 년이다) 그의 활약은 소문으로 들어 알고 있었다.

유명 발레 학교 재학중에 안무가로 데뷔해 발레단에 들어가 최단 코스로 수석 무용수로 승격했고, 서양에서는 이름이 널리 알려져 있으며 십수 년 만에 귀국해 활동하고 있다는 정도는.

고등학교 동창생이 그의 '개선 귀국'을 축하하는 자리를 마련하려고 했지만(우리도 사십 줄에 들어섰으니 그런 이벤트를 열고 싶어지는 나이다) 그가 완곡하게 거절했다는 소문이 돈 적 있다.

이야기를 듣고 나도 모르게 소리 내어 웃고 말았다.

그가 복잡한 표정으로 "개선? 누가? 대체 무슨 개선인데?" 하고 진지하게 곤혹해하는 모습이 눈에 선했기 때문이다.

곤혹.

그래, 그는 늘 곤혹스러워했다.

학창 시절, 적어도 내가 기억하는 그는 늘 어리둥절해서는 자신이 왜 이런 곳에 있는지 도무지 모르겠다는 표정이었다.

그는 늘 혼자였지만 겉돈다든지 고독하다는 인상은 없었다.

상위권 대학 합격률이 높은 것으로 유명한 지방 명문 학교에서도 그만이 전혀 다른 세계에서 살고 있다는 느낌이었다.

작은 얼굴, 단정한 이목구비, 늘씬하고 유연한 자세의 그는 그곳에 있는 것만으로 '다른' 공기를 두르고 은근하게 튀었다. 아니, 튀었다기보다 자연스레 시선을 모았다고 할까.

단순히 아름다웠다는 말도 가능하겠지만 나는 늘 그에게서 독특한 분위기를 감지했다.

잘 표현하지 못하겠는데 눈매가 언제나 '어슴푸레한' 것이다.

뭐랄까, 학생들이 한 줄로 나란히 서 있어도 그의 얼굴 부근만 '다르다'. 얼굴 주위에 늘 안개 같은 게 껴 있고 혼자 다른 것을 보고 있다.

그런 생각이 들었다.

타인을 관찰하는 것은 내 취미였다. 옛날부터 노인네 같다는 말을 많이 들었는데, 그건 내가 다소 복잡한 환경에서 쉽게 말해 '가족의 애정을 모르고 자랐기' 때문인지도 모른다. 타인을 관찰하는 것은 살아남기 위해 필요한 기술이라는 의미에서도 내게는 취미와 실리를 겸한 행위여서 이제는 완전히 습성으로 굳고 말았다.

당시 관찰 경력 십수 년이었던 내가 본 중에서도 그는 '특이했다'.

아무리 봐도 같은 공기를 마시는 사람 같지 않았다.

다른 별에서 온 소년.

다른 물질로 구성된 인간.

그를 표현할 말을 찾으려고 노력했던 기억이 있다.

반이 같았을 뿐 이렇다 할 접점은 없었지만, 그를 관찰하는 것은 말하자면 내 필생의 사업 같은 것이었다.

그 뒤 성인이 되어 그의 활동을 안 뒤로 댄스나 발레 같은 무용을 조금 관심 있게 보게 됐다. 그러면서 알았다. 내가 대단하다고 생각하는 무용수, 좋아하는 무용수는 모두 그와 같은 얼굴을 하고 있었다.

비슷하게 생겼다는 뜻이 아니다.

역시 얼굴 부근이 '어슴푸레한' 것이다.

탁월한 무용수는 혼자 다른 것을 보고 있다, 혼자 다른 차원에 자리하면서 평소 생활에서도 그 세계에 거하고 그 세계에 매료되어 있다고 생각하게 됐다.

물론 그는 학교에서는 지극히 조용한 학생이었고 그가 춤추는 모습을 본 적은 한 번도 없었다.

하지만 딱 한 번, 그가 춤추기 시작하려는 기색을 감지한 적이 있다.

그게 언제였더라.

아마 초여름 중간고사 무렵이 아니었을까.

밖은 아직 환한데 교실은 텅 비어 있었으니 분명 일찍 시험이 끝나고 다들 다음 날 시험 준비를 하러 얼른 집에 가버렸을 것이다.

나는 왜 남아 있었나.

아마 본의 아니게 학급위원 같은 일을 떠맡는 바람에 선생님을 돕고 있었다든지 그런 시시한 이유였을 것이다(나는 그런 시시한 일도 비교적 고생스럽지 않은 성격이다).

덕분에 그를 볼 수 있었다.

복도를 지나가다가 아무도 없을 교실에 누가 있는 것을 깨달았다.

이상하다 생각하며 멈춰 섰다.

뭐가 나를 멈춰 서게 했나.

뭔지 모를 기이한 기색이었다.

명백히 평소 익히 알던 교실과 달랐다.

무대. 극장. 그곳은 다른 장소가 되어 있었다. 그곳을 지배하는 것은 교실 중앙에 선 한 소년이었다.

그게 '그'라는 것은 알아차리고 있었다.

'그'가 고전 발레를 배우고 있으며 상당히 수준이 높다는 소문은 들어 알고 있었거니와, 그의 행동거지도 그걸 납득할 수 있게 하는 것이었다.

당시 아직 남자가 발레를 배우는 게 흔치 않았을 때라 다른 사람이었다면 실컷 놀림을 받았을 텐데, '그'만은 '아, 그래? 어쩐지' 하는 식으로 받아들여졌다는 인상이 있다.

315

하지만 그가 상당히 높은 수준이라고 내가 확신한 것은 그 방과 후였다.

이미 여러 번 말했지만 '그'는 춤을 추고 있었던 게 아니다.

그저 그곳에, 교실 한가운데에 서 있었다.

교실 가득 비쳐드는 초여름 햇빛.

그 속에 '그'는 그저 '서' 있었다.

역광이라 얼굴은 보이지 않았다. 어떤 표정이었는지는 영원히 알 수 없다.

그러나 나는 봤다.

'그'가 두 팔을, 아름다운 아치를 그리며 머리 위로 쳐드는 모습을.

그저 그것뿐.

그 움직임을 봤을 뿐이다.

그 순간 찌릿 하고 뭔가 날카로운 것이 등을 훑었다.

전류 같기도 하고, 계시 같기도 한 뭔가가.

'그'가 머리 위로 손을 치켜든 순간 '그'가 공중으로 슥 떠오른 것 같았다.

동시에 내 몸도 같이 두둥실 들어올려진 것 같은 느낌이 분명히 들었다.

다음 순간 나는 확실히 봤다. '그'가 무대에서 춤추는 모습, 넓은 무대를 종횡무진으로 뛰어다니는 모습을. 그야말로 하늘을 나는 것처럼 가벼운 몸놀림, 우아한 피루엣, 유연한 점프, 이 세상 사람 같지 않게 공중에서 정지한 듯한 포즈.

그 현란한 동작, '그' 자신이 음악이 되어 하늘을 가르며 춤추는 모습을.

퍼뜩 정신이 들자 '그'는 두 팔을 우아하게 내리고 있었다.

방금 춤춘 건가?

그러나 착각이라는 것을 금세 깨달았다.

손목시계를 보니 아주 잠깐, 겨우 몇 초간의 일이었고 '그'는 교실 한가운데에 꼼짝 않고 서 있을 뿐이었다.

책상이 평소와 같은 위치에 질서 정연하게 늘어놓여 있어 방금 본 것 같은 격한 춤을 출 공간이 없었다.

'그'는 몸에서 힘을 뺐다.

눈 깜짝할 사이에 그곳은 텅 빈 방과 후 교실이 됐다.

방금 전까지 존재했던 교실의 지배자는 사라지고 한 소년이 멍하니 남아 있을 뿐이었다.

나지막이 한숨을 쉰 나는 어쩐지 보면 안 되는 것을 본 것 같아 빠른 걸음으로 그곳을 떠났다.

생각해보면 그해 여름 '그'는 오디션에 합격해 외국 발레 학교에 입학했다. 학교에는 두 번 다시 돌아오지 않았다.

그건 '그' 나름의 학교에 대한 작별 인사였을까.

그런 생각을 한 것은 한참 지나서였다.

아니, 더 정확히 말하자면 '그'에게서 〈봄의 제전〉 초대장이 왔을 때다.

나는 초대장을 뒤집어보고 또 뒤집어봤다.

'그'는 어떻게 내 주소를 알고 있었을까. 어쩌면 동창생이 '그'의 '개선 공연'을 기획했을 때 주소록을 입수했을지도 모르겠다.

별달리 말을 나눠본 적도 없는데 용케 내 이름을 기억했다.

그나저나 〈봄의 제전〉이라니.

솔로로 그걸 춤추는 게 얼마나 대단한 것인지는 나 같은 문외한도 안다.

시작은 20세기 러시아의 작곡가 이고리 스트라빈스키가 희대의 흥행가 댜길레프의 의뢰로 발레 곡을 쓰고 있을 때였다.

〈불새〉를 쓰는 중에 제물로 바쳐져 죽을 때까지 계속 춤추는 소녀 주위를 장로들이 에워싸고 있는 이미지가 떠올랐다고 한다.

이 이미지를 바탕으로 곡을 쓰고 발레를 창작하자는 제안이 받아들여져 그는 작곡을 시작했다.

대략적인 줄거리는 태양신의 노여움을 달래기 위해 처녀가 계속 춤추고 장로들이 그녀의 시신을 태양신에게 바친다는 것인데, 거기에 두 마을의 대립을 엮어넣는 등 기독교가 유입되기 전 러시아의 원시 종교와 공동체가 테마다.

초연 당시 너무나도 참신해 지지하는 관객과 욕하는 관객이 객석에서 난투를 벌였다는 일화가 있지만 지금은 20세기를 대표하는 명곡 중 하나로 꼽힌다.

아닌 게 아니라 지금 들어도 대지에 발을 쿵쿵 구르는 듯한 강렬한 리듬이며 불협화음은 공격적이고 참신해, 이 곡에 많은 안무가가 도전해온 것도 수긍이 간다. 실력에 자신이 있는 예술가라면 역시 한 번은 안무해보고 싶을 것이다.

그렇기에 당초의 설정을 생각해도 〈봄의 제전〉이 군상극, 군무로 여겨졌던 것은 명백하다.

실제로 마을 간 대립이나 남녀 간 대립 등 공동체의 갈등이 동작에 담길 때가 많고 어느 연출이든 많은 사람이 무대를 메우고 미친 듯이 춤추는 게 기본이다.

그런데 '그'는 〈봄의 제전〉을 혼자 추겠다는 것이다.

혼자서 '제전'을 재현할 수 있나? 애초에 이 춤을 솔로로 추는 의미가 있나? 사십 분 가까운 대곡을 혼자 끝까지 춰낼 역량은 둘째 치고 그래야 할 필요는 뭔가? 단순히 기발함만을 노린 허

전한 무대가 되지 않을까?

그런 공연한 걱정을 하며 나는 당일 극장으로 향했다.

솔로 공연답게 아담한 스튜디오 같은 홀이었다.

만석을 이룬 객석에 억누른 열기가 감돌았다.

'그'의 팬으로 보이는 여자 관객들도 많았다. 그러고 보면 '그'
는 단정한 외모로 인해 소위 왕자 취급을 받는 모양이었다.

언뜻 보기에 동창생일 듯한 사람들은 보이지 않았다. 적어도
내 기억에 남아 있는 동창은 없었다.

아무래도 동창생을 모두 초대한 게 아니라 내게만 초대장을
보낸 것 같았다.

출세한 친구에게 초대받았으니 어쩌면 자랑해야 할 일일지
도 모르지만, 고백하건대 나는 과거의 '그'와 마찬가지로 다소
곤혹스러웠다.

왜 내게?

왜 지금?

그렇게 생각하며 극장의 어둠에 몸을 묻자, 정적에 이어 막이
스르르 올랐다.

흠칫해서 나도 모르게 똑바로 일어나 앉았다.

무대 위에 교실이 있었다.

갑자기 초여름날의 방과 후로 기억도 몸도 단숨에 되돌아간 기분이 들었다.

초여름 햇빛, 텅 빈 교실, 고요한 공기.

무대 위에 학교에서 쓰는 책상이 질서 정연하게 놓여 있었다.

연녹색 조명은 이따금 신록 그림자처럼 아물아물 흔들렸다.

곡이 시작됐다.

무대 안쪽에서 '그'가 슥 나타났다.

목둘레의 깃을 세운 의상에 우리가 입던 교복을 떠올리지 않을 수 없었다.

그가 춤추기 시작했다.

어둑어둑한 공간을 가르는 팔.

긴 팔다리의 잔상이 보이는 듯했다. 그 모습이 무대 위에서 한없이 부풀어올라 터무니없이 커 보였다.

종횡무진으로 달린다.

책상 사이를, 책상 위를.

눈을 뗄 수 없었다.

지금 눈앞의 광경은 그날 내가 본 환영이었다.

두 팔을 위로 똑바로 쳐들었을 뿐인 '그', 교실 한가운데에 서 있었을 뿐인 '그'. '그'가 그때 내 마음속에서 추었던 춤이 지금

재현되고 있었다.

소리가 전혀 없었다.

이 세상 것 같지 않게 아름다운 포즈로 공중에 정지했다.

몇 회전인지 알 수 없는 피루엣.

불가능한 높이의 점프는 그야말로 하늘을 나는 듯했다.

나는 어느새 연신 고개를 끄덕이고 있었다.

그래, 그때 '그'는 이 춤을 추고 있었나. 그때 나는 이 춤을 본 건가.

그런 생각을 하며 무대 위의 '그'를 응시했다.

이윽고 보다 기묘한 것을 깨달았다.

무대 위에 '그' 혼자만 있는 게 아니었다.

그곳에 다수의 누군가가 있었다.

내 눈에 다수의 누군가, 아니, 더 분명하게 말하자면 당시의 다른 학생들, 다시 말해 우리, '그'를 먼발치에서 지켜보던 동창생과 선생님이 춤추는 게 보였다.

대립하고 두려워하고 무관심을 가장하고 호기심을 내비치는 사람들이 발을 구르며 일사불란한 발동작으로 격렬하게 춤추는 모습이.

그래, '그'는 솔로로 춤추는 게 아니라 그야말로 〈봄의 제전〉을 추고 있는 것이다.

'그'에게 '봄의 제전'은 교실인 것이다.

봄을 맞아 미성숙한 청소년들이 한 공동체에 집어넣어지는 것은 다분히 의식적, 제례적인 분위기를 띤다.

암묵의 양해, 암묵의 질서, 암묵의 교내 계급 구조. 그것들은 일종의 '교육' '잘 사는 것'에 대한 신앙이기도 하다.

그리고 그게 신앙인 이상 마찰과 금기가 반드시 존재하며, 거기서 밀려나는 이는 '제물'로 바쳐지는 것이다.

'그'는 그런 '제물'이었다. 또는 '제물'이라고 느꼈을 것이다.

장로들이 둘러싼 가운데 제물로 바쳐진 처녀는 죽을 때까지 계속 춤춘다.

그 때문에 '그'는 페이드아웃 했다. 탈락해 교실에서의 '죽음'을 선택하고 먼 곳으로 길을 떠났다.

그때 '그'는 교실에서 '봄의 제전'을 보고 있었던 것이다. 그걸 내가 목격했다.

'그'는 내가 보는 것을 알고 있었다. 그래서 내게 초대장을 보낸 것이다.

나는 교실에 있었다.

'그'도 교실에 있었다.

'그'는 두 손을 우아하게 머리 위로 쳐든다.

나는 교실에 앉아 '그'가 춤추는 것을 본다.
주위에서 춤추는 같은 반 학생들.

너도 봤지?

'그'가 내게 그렇게 묻는다.
나는 잠자코 '그'를 향해 고개를 끄덕인다.
환한 햇빛.
나와 '그'는 그해의 '봄의 제전' 속에 있다.

육
고
시
네
마

누가 맨 처음 깨달았는지는 알 수 없다.

하지만 눈치챈 사람이 꽤 오래전부터 있었던 것은 확실하다.

옛날에 도깨비 굴뚝이라는 게 있었다는 이야기를 들은 적이
있다.

도쿄 시타마치의 화력 발전소에 거대한 굴뚝 네 개가 있었는
데, 보는 방향에 따라 하나로도 두 개로도 세 개로도 보였다고
한다.

없어졌다가 생겼다가 하니까 도깨비 굴뚝.

그것과 비슷한 걸까.

관청가 외곽 간선도로 양옆으로 늘어선 상가 건물의 벽. 지하

로 이어지는 터널의 천장. 그리고 도로를 건너 공중을 뻗어나가는 케이블이 든 큰 파이프.

실물은 서로 꽤 떨어져 있는데, 어느 방향에서 보면 가로세로 직선 네 개가 합쳐져 거대한 직사각형 프레임처럼 보인다.

꼭 자동차 극장의 스크린 같다고 하는 사람도 있었다.

잘린 하늘 저편으로 구름이 천천히 흘러간다.

액자 같다는 사람도 있다.

대자연의 캔버스 안을 비행기가 비행기구름 한 줄기를 남기며 날아간다.

우연히 이곳을 자주 지나다가 운좋게 알아차린 사람에게만 보이는 대화면. 그 특등석이 이 오래된 육교다.

여기 육교 난간에 턱을 괴고 한 곳을 꼼짝 않고 응시하는 소년이 있다.

시간은 오후. 아직 해가 높이 떠 있고 세상은 밝다.

학교 갔다 오는 길일까. 곁에 낡은 검정 책가방이 놓여 있다.

육교 위를 오가는 행인이 뭘 보는 걸까 싶어 소년의 시선이 향한 곳에 눈을 준다.

하지만 아무것도 없다. 저물어가는 하늘이 네모난 스크린 너머에 보일 뿐.

개중에는 '설마 뛰어내리려는 건 아니겠지?' 하듯 불안스레 소년의 얼굴을 쳐다보는 이도 있다.

하지만 소년의 흐리멍덩한, 행복감에 찬 시선을 보고는 모두가 안도한 듯 표정을 누그러뜨리며 가던 길을 간다.

또 어떤 날에는 육교 위에서 직립부동 자세로 액자 안을 홀린 듯 쳐다보는 중년 여자가 있다.

저녁이다. 해가 완전히 지기에는 아직 이르지만 이미 날이 저물기 시작한 시간대.

역시 그녀의 시선이 향한 곳을 신경 쓰는 행인들.

하지만 그녀의 눈에는 아무것도 떠올라 있지 않다. 그저 그곳에 있다. 어쩌면 아무것도 보지 않는지도 모른다. 그녀에게서 마치 세상에 그녀만이 존재하는 듯한 허무를 감지하고 서둘러 가버리는 이도 있다.

또 어떤 날.

스크린에 눈을 준 채 우두커니 서 있는 노부부가 있다. 체구가 작은 두 사람이 몸을 붙이고 먼 곳을 보고 있다.

시각은 저물녘이다. 하늘이 차츰 꼭두서니 색으로 물들기 시작하는 때.

두 사람은 멍하니 같은 곳을 응시하고 있다.

독특한 눈길이다. 놀란 것도 같고 어안이 벙벙한 것도 같은, 그러면서 추억을 돌이키는 것도 같은 눈빛.

그리고 나.

나도 찾아왔다.

이곳에.

이 육교에.

이 거대한 우연의 스크린을 보러.

다만 정말 그곳을 찾아냈는지는 이렇게 서서 네모난 스크린을 보고 있는 지금도 반신반의였다. 틀을 이루는 것은 분명하다. 비슷한 장소는 몇 군데 본 적 있지만 이렇게 확실하게 네모꼴로 구획된 곳은 여기가 처음이었다.

정말 여기 맞을까.

나는 우뚝 서서 멍하니 주위를 둘러봤다.

불확실한 소문을 처음 들은 게 언제였을까.

막연한 소문. 말한 사람도 자신 없어 보이고 말하자마자 바로 취소하는 어쭙잖은 소문.

그렇지만 묘하게 관심이 가는 소문이기는 했다.

아무리, 그런 게 있으려고? 하고 적당히 들어넘기면서도 마음 한구석에 담아두게 되는 소문.

장소도 매우 불분명했다.

어느 현청 소재지의 관청가 외곽, 사카에초 교차로에서 조금 가까운 오래된 육교. 육교 정면에 지하로 이어지는 간선도로가 있다.

그런 장소가 일본 전국에 몇 곳이나 있을지 짐작도 가지 않았다. 현청 소재지만 해도 마흔세 개고 사카에초도 각지에 널려 있는 흔해빠진 지명이다.

완전히 뜬구름 잡는 이야기에, 도시 괴담으로도 화제에 오를 만한 게 아니었다.

그런데도 나는 잊지 않았거니와 나 말고도 잊지 못한 사람이 있었을 것이다. 하찮고 불확실한 소문이었지만 소멸하지 않고 주기적으로 돌았고, 그곳에 도달한 사람이 있다는 소문도 끊이지 않았다. 그래도 언제나 그 이상의 정보는 없었다.

그렇기에 나도 서두르지 않고 은밀히 계속 찾았다.

결코 열심히 찾았다고 할 정도는 아니었지만 항상 막연히 염두에 두고 있다는 느낌으로. 바꿔 말하면 그 소문에 걸맞은, 다소 불확실하고 어쭙잖은 탐색을 계속한 것이다.

직업상 일본 각지에 갈 일이 많았다는 것도 요행으로 작용했다. 한 달에 한두 번이라는 느슨한 빈도로 느슨한 일정이 태반이었다는 것도 도움이 됐다.

'그러고 보니 여기도 현청 소재지였는데' 하고 떠올라 아침 일찍 일어나 가능성이 있을 듯한 장소에 가보는 정도의 열의로 후보지일 성싶은 곳을 돌아봤다.

물론 조건에 부합되는 곳은 그리 많지 않았다.

애초에 전제 조건부터가 모호했다.

현청 소재지의 관청가 외곽. '외곽'이란 어느 부근을 가리키나? 또는 어디까지를 '외곽'에 포함시키나? 거기서부터 판단이 서지 않았다.

더욱이 '사카에초 교차로에서 조금 가까운'이다.

'조금 가까운'은 어느 정도의 거리를 가리키나? 50미터? 아니면 100미터?

'가장 가까운' 육교는 안 되는 건가?

현지 지도를 보며 매번 고개를 갸웃거렸다.

조건에 상당히 부합하는 장소가 지금까지 약 세 곳 있었다.

그걸 깨달았을 때 맛본 가슴 설레는 느낌은 지금도 기억에 새롭다.

혹시 여긴가?

몇 번씩 확인했다. 육교, 상가 건물, 지하로 이어지는 간선도로. 꽤 가능성 있는데?

그러나 뭔가가 부족했다. 머리 위에 파이프가 없거나, 터널이 없거나. 또는 '사카에초 교차로'가 아니었다.

육교 위를 왔다 갔다 하면서 어딘가에 네모난 틀이 나타나지 않나 두리번거리는 나는 상당히 수상쩍은 사람이었을 것이다. 포기하지 못하고 오랜 시간 꾸물거린 것도 한두 번이 아니다.

실망하며 돌아선 그 세 곳의 풍경은 지금도 머릿속에 아로새겨져 있다.

그런 일을 거듭한 끝에.

전혀 의식하지 않던 중에 이곳을 발견했다.

우연히 고향에 내려와 성묘 갔다 오는 길에 지나친 장소.

무심코 육교를 올라가 건너려다가 뭔가가 마음에 걸려 멈춰 섰다.

어라?

무심코 옆에 시선을 주었다가 그곳에서 거대한 네모 틀을 발견한 것이다.

앗.

나도 모르게 주위를 둘러봤다.

터널로 빨려드는 차, 차, 차. 머리 위에는 공중을 가로지르는 굵은 쇠파이프. 좌우로 우뚝 솟은 상가 건물.

여기? 지금까지 한두 번 지난 게 아닐 이곳? 고향이었다고?

나는 망연자실했다.

아무도 그 이상의 정보를 더하지 않은 이유를 알 것 같았다.

그곳은 너무나도 살풍경하고 너무나도 모두가 그냥 보고 넘기는 장소였다. 사실 나도 지금까지 풍경을 눈에 담은 적조차 없는 곳이었다.

설마 이렇게 아무것도 없는 썰렁한 장소가 그곳이라 믿고 싶지 않았고, 정말로 그곳이라면 더더욱 말하고 싶지 않은 것은 확실했다.

그렇다면 만에 하나 여기가 그곳이라 치고, 그 사실이 널리 알려지면 어떻게 될 것인가? 여기를 보려고 전국에서 사람들이 몰려들어 밀치락달치락하는 소동이 벌어지면?

그건 곤란하다. 행정기관에서 알게 되면? 지역 부흥에 이용할까? 아니면 귀찮게 생각할까? 어쨌거나 십중팔구 기적적인 우연의 균형에 의해 성립된 풍경이니 말이다. 지금 이렇게 봐도 육교는 상당히 낡아 계단은 부식되어 너덜거리고 통로도 휘었다. 액자의 위쪽 가로선인, 케이블을 넣은 파이프도 튼튼해 보이기는 해도 많이 헐었다. 상가 건물도 오래된 데다 한쪽 건물은 거의 쓰이지 않는 것 같았다.

어느 선이라도 빠지면 액자가 되지 않는데 어느 선이 언제 철거돼도 이상할 게 없었다.

그렇게 생각하니 지금 이곳에 있으면서 이 강고한 네모 틀을 보고 있다는 게 그야말로 기적 같았다.

하지만 문제는 그다음이다. 소문이 사실인지 아닌지는 아직 알 수 없다.

그게 사실인지 대체 어떻게 하면 알 수 있을까?

소년은 보고 있다.

육교에서 턱을 괴고 꿈꾸는 듯한 시선으로 네모난 틀 안을.

그 안에 비춰진 광경을.

천천히 초원을 달리는 래브라도리트리버. 크고 근사한 개다. 윤기 흐르는 털이 햇빛을 받아 빛난다.

슬로모션이다.

소리는 없다.

분홍색 혀가 보이는 주둥이. 반짝이는 눈은 웃는 것 같다.

함께 달리는 아이. 너덧 살 됐을까. 개와 키가 비슷하다.

아이도 만면에 웃음을 짓고 있다. 개도, 아이도 천진하게 달린다. 서로 전폭적인 신뢰를 보이며 떼려야 뗄 수 없는 콤비처럼 일체감을 가지고 계속 달리고 있다.

아이의 얼굴은 육교 위에서 바라보는 소년을 많이 닮았다. 아니, 정확히 말하자면 그의 어린 시절 같다.

소년은 황홀하게 바라보고 있다.

소년의 눈에는 초원을 달리는 개와 아이가 떠올라 있다. 소년에게는 그 모습이 선명하게 '보이는' 것이다.

행복한 풍경. 소년이 가장 좋아하는 풍경. 소년은 황홀하게 계속 바라보고 있다.

중년 여자도 보고 있다.

얼어붙은 것처럼 스크린 안에 그 광경을 보고 있다.

사실은 보고 싶지 않은 광경을.

그런데도 보지 않을 수 없는 광경을. 어쩔 수 없이 보게 되는 광경을.

화면은 어두웠다.

아니, 어두운 게 아니라 화면 대부분을 검고 탁한, 뭔가 불길한 것이 차지하고 있다. 그 검고 폭력적인 것이 천천히 꿈틀거리고 있다.

슬로모션이다.

소리는 없다.

검은 것이 서서히 이쪽으로 다가온다. 압도적인 질량으로 건축 자재와 차, 간판, 자전거 등 온갖 것을 끌어들여, 빨아들여,

소용돌이를 그리고 거품을 뿜어내고 하얀 물보라를 튀기며, 거대한 면이 되어 순식간에 닥쳐든다.

그녀는 움직이지 못한다.

시선을 떼지 못한다.

얼어붙은 장면, 그녀의 머릿속에 들러붙고 응고된 장면을 그녀는 스크린에서 보고 있는 것이다.

노부부도 보고 있다.

이제는 존재하지 않는 것을. 과거에 존재했던 것을. 과거에는 당연한 줄 알았던 것, 언제까지고 계속될 줄 알았던 것을.

화면 안에 선명한 색채가 있었다.

많은 사람이 있다.

모두 웃고 있다. 움직이고 있다. 손을 흔든다. 손뼉을 친다.

슬로모션이다.

소리는 없다.

그런데도 화면에서 환성과 흥겨운 음악 소리가 들리는 것 같다. 북소리, 목소리를 맞춰 외치는 소리가 흘러넘칠 것 같다.

가마가 흔들흔들 움직인다. 상하로, 좌우로. 꼰 머리띠를 두르고 똑같은 저고리를 맞춰 입은 이들이 리드미컬하게 가마를 지고 간다.

누가 물을 끼얹어 반짝이는 물보라가 하늘을 난다.

길 양옆에서 장단을 맞추는 사람들.

아이들이 조그만 손으로 손뼉을 친다. 부채가 흔들린다.

떠들썩하게 웃는 남녀노소의 얼굴, 얼굴, 얼굴.

장식 수레도 다가온다. 근사한 장식 수레다. 화려한 가리개를 늘어뜨린 극채색의 장식 수레가 천천히 나아온다.

수레 위에 다닥다닥 붙어 음악을 연주하는 아이들. 큰 부채를 흔들며 수레를 잡고 유도하는 남자들.

길옆 집 2층에서 수레를 올려다보는 사람들. 어디나 축제 구경을 하는 사람들로 꽉 찼다.

화면 안에서 서서히 날이 저문다.

초롱불이 하나둘 밝혀진다. 어슴푸레하고 부드러운 빛이 화면 곳곳에서 늘어난다.

노부부는 홀린 듯 그 광경을 쳐다보고 있다.

이렇게 아름다웠나.

이렇게 고귀한 것이었나.

이렇게 덧없는 것이었나.

말은 하지 않았지만 두 사람은 그에 놀랐다. 충격을 받았다. 가슴이 죄어드는 것 같았다.

그들은 보고 있다. 그들에게는 그게 분명하게 보이는 것이다.

그리고 나.

나도 지금 이곳에 있다.

다시금 이곳에 왔다.

그 광경을 만나러.

불안과 기대에 짓눌릴 것 같은 심정으로 나는 육교 위에 선다.

발밑에서 차가 터널로 빨려드는 굉음이 올라온다. 뒤에서 센 바람이 불어닥친다.

그래, 그건 그냥 평범한 소문이었다. 그날 그 시간에 그곳에 가면 스크린 속에서 소중한 과거의 기억을 만날 수 있다는.

이날. 이제 곧 그 시간이 된다.

소중한 기억. 소중한 사람.

나는 조바심을 내며 육교 난간을 붙들고 몸을 내민다.

눈앞에 펼쳐지는 네모난 액자.

이곳에서만 볼 수 있는 거대한 스크린.

아직 아무것도 보이지 않는다.

작가 후기

지금까지 오 년에 한 권꼴로 총 세 권의 비非시리즈 단편집을 냈는데, 이번에는 칠 년이나 걸리고 말았다. 전적으로 내 부덕의 소치다. 이렇게 돌아보니 그때그때 겪은 시행착오와 당시의 관심사가 생각나 감개 깊다. 이번 책은 다소 호러에 가까운 이야기가 모인 것 같다. 〈소설 신초〉에서 '야마모토슈고로상 특집'이니 '괴담 특집'으로 불러줄 때가 많아서일 것이다. 각 단편의 배경을 적어보겠다. 스포일러가 꽤(!) 있으니 부디 본문을 끝까지 읽은 뒤 읽어주시기를 부탁드린다.

철길 옆 집

텔레비전에서 에드워드 호퍼의 그림이 테마인 다큐멘터리를 본 게 직접적인 계기. 무단 점유는 실제로 본 적이 있었다. 거품 경기 당시 스기나미 구 하마다야마에 살았는데, 근처에 널따란 단독주택이건만 낮부터 덧문을 거의 다 닫고 안에서 가만히 신문을 읽는 중년 남녀를 자주 봤다. 대체 뭘까 싶었는데 나중에 무단 점유라는 것을 알아차렸다.

구근

〈소설 신초〉의 '에로틱/그로테스크 특집'으로 썼다. '그로테스크'는 그렇다치고 '에로틱'한지는 다소 의문이다. 나는 구근이 에로틱하다고 생각하지만요.

사실 이 소설은 오래전부터 구상중인 모某사의 신작《튤립 회로》의 스핀오프로 쓴 것이다. 물론《튤립 회로》는 아직 미완성이에요.

소요

2030년 일본이라는 테마로 썼다. 리모트 리얼이라는 기술이 실현됐다는 설정. 등장인물은《소멸》이라는 소설에 나온 세 사람인데,《소멸》또한 근미래 일본이 무대였다. 근미래를 예측하는 게 가장 어렵다고 하던데,《소멸》을 쓸 때 현실에 추월당할 것 같아 초조했던 게 기억난다.

아마릴리스

편집자가 이 단편을 읽고 이 '아마릴리스'는 뭐죠? 라고 묻기에 '잉여 다람쥐'라고 대답했더니 폭소를 터뜨렸다. 그래도 괴담인데…….

지금에 와서 깨달았는데, 로알드 달의 《찰리와 초콜릿 공장》에서 웡카 씨의 공장에서 과자에 쓰는 나무열매를 검사하는 다람쥐들이 머리가 깡통인 아이를 전광석화처럼 신속하게 붙들어 처분하는 장면이 바탕에 있었다.

고보레히

무서운 일러스트에 맞춰 이야기를 쓰는 기획이었다. '히' 하면 역시 한무라 료**죠.

나쁜 봄

〈소설 트리퍼〉 창간 20주년 기념호에 숫자 '20'을 테마로, 《에피타프 도쿄》라는 장편의 스핀오프로 썼다. 십대 자녀를 둔 부모 여럿이 이것을 읽고 '어째 현실이 될 것 같아 무섭다'라고 한 게 인상에 남아 있다.

● 일본어로 발음이 비슷하다
●● '히 일족'을 중심으로 한 작품을 쓴 20세기 일본의 SF 소설가

황궁 앞 광장의 회전

2017년 1월에 나오키상, 4월에 서점대상을 수상하면서 그와 관련된 소동이 넉 달 가까이 이어졌다. 그 탓에 원래 사교성 없는 내가 얼마 없는 붙임성을 모조리 써버리고 지칠 대로 지친 상태에서 쓴 단편이다. 지금 다시 읽어보니 그런 기분이 짙게 드러나 있다. 사실은 실제로 본 장면을 토대로 썼다. 택시를 타고 도쿄 역에 가는데, 황궁 앞 광장에서 홀로 오도카니 서 있던 아마도 교복 차림의 소년이 폴짝 뛰어올라 한 바퀴 회전했다. 그 인상이 하도 강렬해 보이지 않게 될 때까지 내내 그 애에게서 시선을 떼지 못했다.

보리의 바다에 뜬 우리

신본격 미스터리 탄생 30주년 기념으로 저택이 무대가 되는 이야기를 쓰는 기획이었다. 물론 제목에서도 알 수 있다시피 《보리의 바다에 가라앉는 열매》의 스핀오프입니다.

풍경

'괴담 특집'으로 쓴 이야기. 작가 이름을 밝히지 않고 누가 어느 단편을 썼는지 맞혀보게 하는 식이었다. 내 이 단편을 다카하시 가쓰히코 씨가 썼다고 생각한 사람이 많았다고 들었다. 괴담의 명수인 다카하시 가쓰히코 씨는 기억 시리즈 등 걸작이 무수히 많은데, 그중에서도 내가 매우 무서웠다고 아직까지 기억하는 게 《판도라 케이스》다. 다카하시 씨 작품 중에서는 미스터리 색이 짙은 작품인데, 어느 장면에서 정말 소름이 오싹했던 게 지금도 기억난다.

트와일라이트
'대반전'이라는 테마로 쓴 이야기. 과연 반전이 됐을지.

측은
나쓰메 소세키의 《나는 고양이로소이다》의 오마주 기획으로 쓴 이야기. '아이 엠 어 캣'으로 첫머리를 시작한다는 전제가 있었다.

악보를 파는 남자
잡지 기획으로 세계적인 비올리스트 이마이 노부코 씨와 대담하기 위해 도쿄 국제 비올라 콩쿠르를 들으러 갔을 때 실제로 본 광경을 바탕으로 썼다. 여름 시즌 음악제를 돌며 악보를 판다는 이야기는 사실이지만 아마 실제로는 배탈 나지 않았을 것이다.

구골나무와 태양

'크리스마스 특집'으로 쓴 것. 어렸을 때 개신교 계열 유치원에 다닌 터라 '강탄제'라는 이름으로 크리스마스를 축하하며 동방 박사 세 사람이 마구간에서 태어난 예수 그리스도를 찾아온다는 연극을 한 기억이 있다. 하지만 사실 예수 그리스도의 생일이 언제인지는 알 수 없다. 크리스마스가 고대 태양 신앙, 동지를 축하하는 민간 신앙과 습합했다는 것은 명백하다.

첫 꿈

오래전부터 요코하마라는 도시를 동경하는 사람으로서 이곳을 무대로 환상 소설을 쓰고 싶다는 생각을 갖고 있다. 이건 예고편 같은 것. 본편의 제목은 '추억의 오중주'가 될 예정인데, '첫 꿈'과 함께 빌 비올라의 영상 작품 제목에서 빌려왔다.

비가 와도 맑아도

예전에 〈기상천외〉라는 SF 판타지 잡지가 있었다. 나라 기하치 씨의 일러스트를 쓴 표지가 강렬했다. 그 잡지의 21세기판 부활이라는 기획으로 썼다. 매번 이 단편집에 포함시키는 '스탠더드 넘버에서 제목을 따온 단편'이기도 하다. 나 나름대로는 상당히 본격 미스터리 색이 짙은 단편이라고 생각하는데…….

평범한 사건

괴기 잡지 〈유幽〉 창간 10주년 기념으로 쓴 것. 깊이 생각하지 않고 사건 다큐멘터리 같은 분위기라는 설정만 가지고 쓰기 시작했는데, 어느새 슬금슬금 이런 결말이 되고 말았다. 지금 다시 읽어봐도 어디서 이런 이미지가 생겨났는지 스스로도 잘 모르겠다.

봄의 제전

몇 년 전부터 발레를 테마로 한 장편소설을 준비중이라 습작 삼아 써봤다. 발레 〈봄의 제전〉은 유명한 안무가들의 안무가 여럿 존재하는데 하나같이 명작이다. 다들 압도적인 군무가 특징이라 이걸 솔로로 춤춘다면 어떻게 할까 생각했다. 사람은 없이 책상만 놓인 교실이라는 설정이라면 무대에 없는 학생들의 군무를 상상하게 할 수 있으니 아이디어로는 나쁘지 않다고 생각한다. 누가 해주지 않으려나.

육교 시네마

일본 전국 어디나 인프라의 고령화가 심각하다. 우리 동네 육교는 부식이 하도 심해서 건널 때마다 무너지지 않을까 조마조마하다.

한편 그야말로 풍경이 송두리째 바뀌는 폭력적이기까지 한 재개발이 곳곳에서 진행되고 있다. 개중에는 이런 기적적인 균형에 의해 유지되는 풍경이 있지 않을까 생각해서 써봤다. 내 입으로 말하기는 뭐하지만 아주 나다운 단편인 것 같다.

HODOKYO CINEMA
by Riku ONDA

Copyright ⓒ 2019 Riku ONDA
Original Japanese edition published by SHINCHOSHA Publishing Co., Ltd.
Korean translation rights arranged with SHINCHOSHA Publishing Co., Ltd. through JM
Contents Agency Co.

Korean translation copyright ⓒ 2023 by Viche, an imprint of Gimm-Young Publishers, Inc.

옮긴이 **권영주**

서울대학교 외교학과를 졸업하고 동 대학원에서 영문학을 전공했다. 온다 리쿠의 《나와 춤을》《유지니아》《에피타프 도쿄》《달의 뒷면》 등을 옮겼으며, 특히 《삼월은 붉은 구렁을》로 일본 고단샤에서 주최하는 제20회 노마문예번역상을 수상했다. 무라카미 하루키의 《오자와 세이지 씨와 음악을 이야기하다》《애프터 다크》《잠》, 미야베 미유키의 《세상의 봄》, 미쓰다 신조의 《미즈치처럼 가라앉는 것》, 오가와 이토의 《초초난난》 등 다수의 일본 문학은 물론, 《데이먼 러니언》《어두운 거울 속에》 등 영미권 작품도 활발하게 소개하고 있다.

육교 시네마

1판 1쇄 인쇄 2023년 8월 10일 **1판 1쇄 발행** 2023년 8월 30일

지은이 온다 리쿠 **옮긴이** 권영주
펴낸이 고세규
편집 장선정 **디자인** 정윤수
마케팅 이헌영 **홍보** 반재서

발행처 김영사
주소 경기도 파주시 문발로 197(문발동) 우편번호 10881
등록 1979년 5월 17일(제406-2003-036호)
주문 및 문의 전화 031)955-3100 **팩스** 031)955-3111
편집부 전화 02)3668-3295 **팩스** 02)745-4827 **전자우편** literature@gimmyoung.com
블로그 blog.naver.com/viche_books
트위터 @vichebook **인스타그램** @drviche
ISBN 978-89-349-4628-1 03830 책값은 뒤표지에 있습니다.

비채는 김영사의 문학 브랜드입니다.